完璧すぎて可愛げがないと
婚約破棄された聖女は
隣国に売られる5
冬月光輝
昌未
「最高の新婚旅行にしような！」
「はい！今から楽しみです！」
JN056251

フィリア・パルナコルタ
パルナコルタの聖女
数々の功績から、大聖女の称号をもつ
グレイス・
マーティラス
ボルメルンの聖女
自称フィリアの一番弟子
ライハルト・
パルナコルタ
パルナコルタの第一王子
先代聖女エリザベスと婚約していた

ハリー
アーツブルグの商人
衣服から魔道具まで広く扱っている
オスヴァルト・
パルナコルタ
パルナコルタの第二王子
フィリアの夫
ヒマリ・フウマ
フィリアのメイド兼護衛
ムラサメの王家に仕えていた過去をもつ

「ライハルト殿下、
真に国益を望むのでしたら
夫に機会をお与えください」

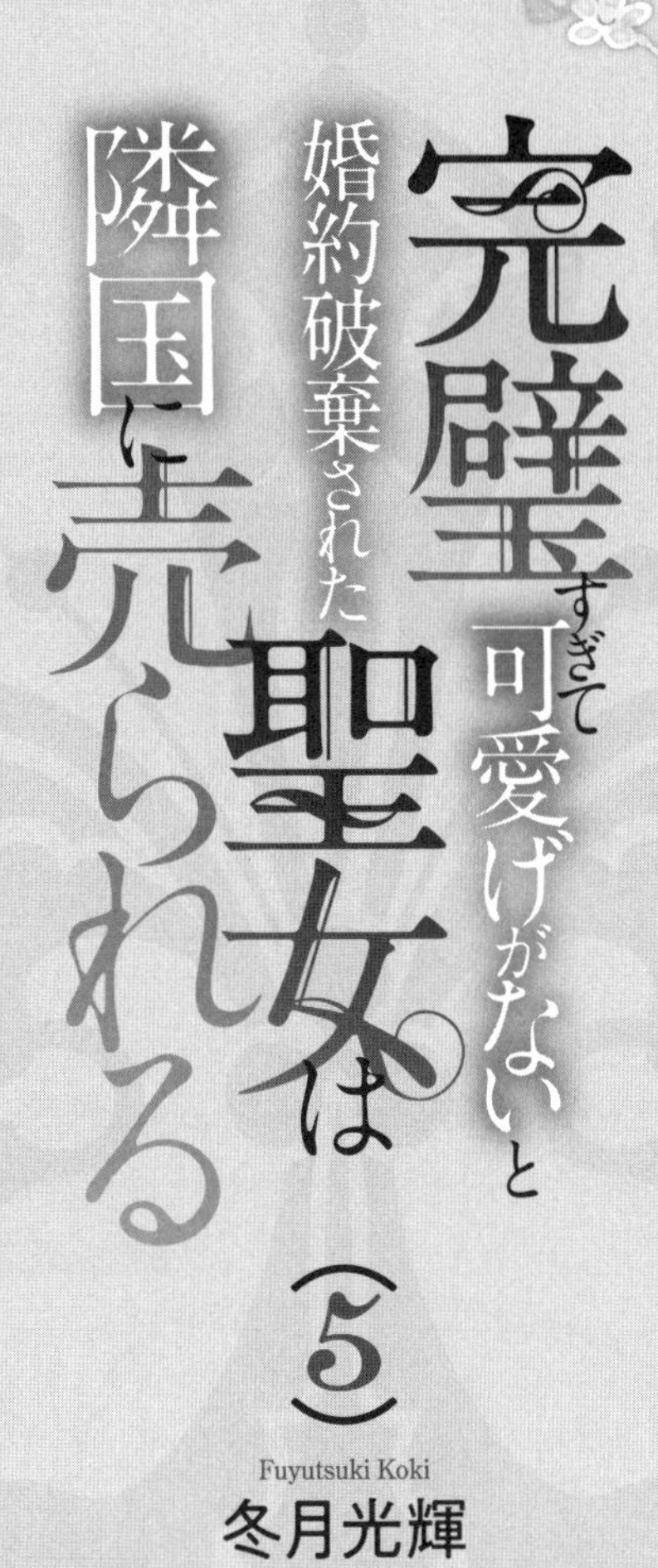

Fuyutsuki Koki
冬月光輝
illust. 昌未

A saint whose engagement was abandoned
because it was too perfect and not cute is sold to a neighboring country

セデルガルド大陸

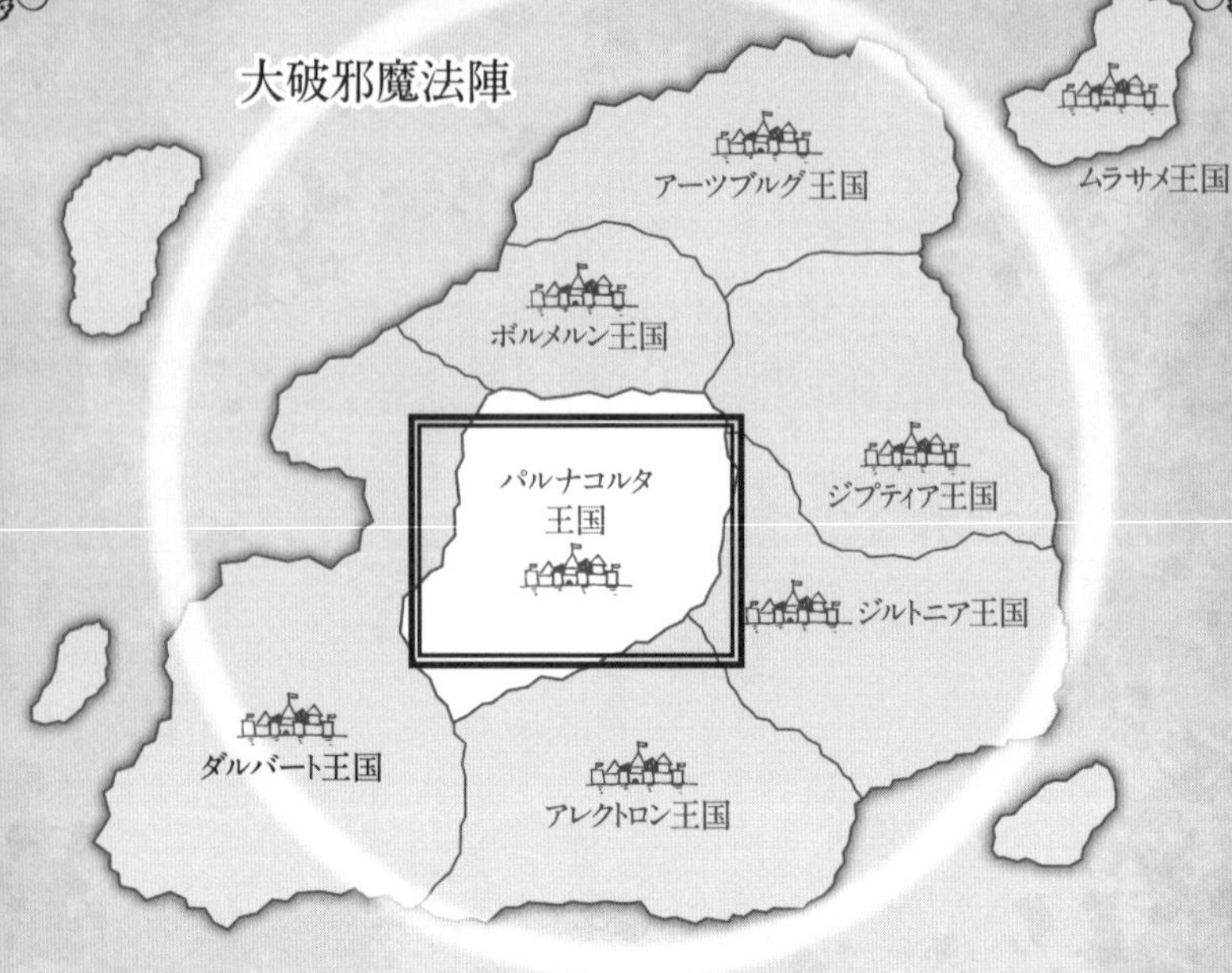

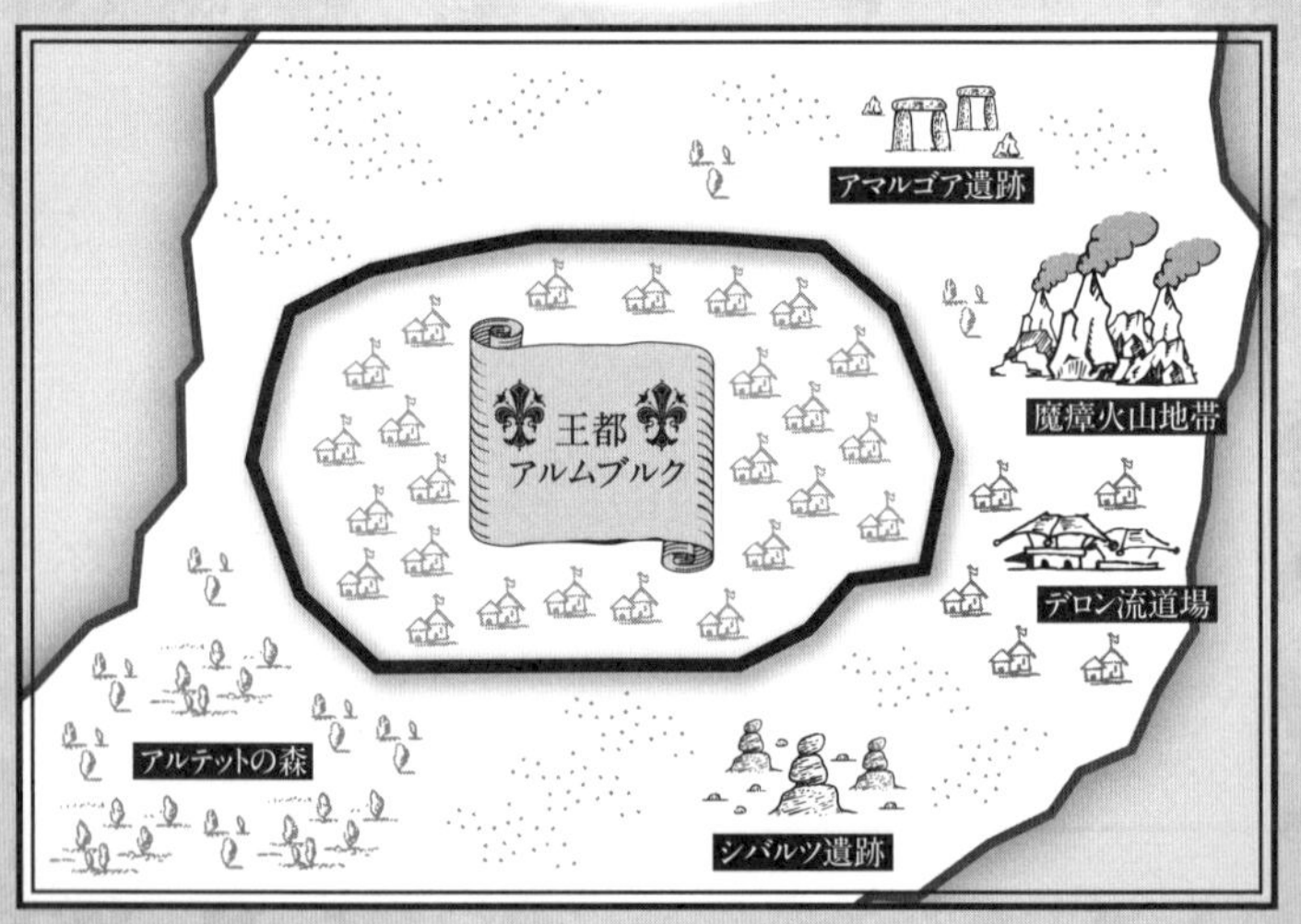

パルナコルタ王国

CONTENTS

プロローグ　004
第一章　二度目の謁見　019
第二章　新婚旅行　053
第三章　遺跡荒らし　104
第四章　拝金主義の理由　176
第五章　金よりも忠義よりも　216
エピローグ　269
番外編　その1　275
番外編　その2　279

プロローグ

prologue

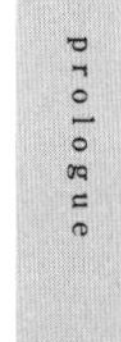

——可愛げがない。愛想がない。真面目すぎて、面白みがない。そう言われ続けて、生きてきました。

そんな私ですが、つい先日……愛する人と結婚式を挙げました。

そして、今まさに新しい生活を始めようとしています。

「どうだ。なかなか立派な屋敷だろ？」

「ええ、素敵ですね」

王都の一角にある土地に建てられた大きなお屋敷。

前に住んでいた屋敷も十分すぎるくらい大きかったのですが、こちらはそれを上回ります。

「気に入ってもらえてよかった」

「オスヴァルト様が選んでくれたのです。気に入らないはずがありませんよ」

夫である第二王子オスヴァルト様とひとつ屋根の下で生活をする。

名前もフィリア・パルナコルタと変わりました。

将来オスヴァルト様が爵位を得ると、その時にはまた変わります。彼と同じ姓を名乗るのも大きな変化の一つでしょう。

これらの変化は未知の世界ですので、不安にもなりそうなものですが、それをまったく感じないのです。

「それでは、荷物を運びましょうか」

「あ～、フィリア様。ダメですよ～。これは私たち第二王子夫妻専属使用人の役目で～す！」

私が引っ越しの荷物に手をつけようとすると、メイドのリーナさんがそれを止めます。

そして、器用にいくつもの箱を抱えて屋敷へと入っていきました。

「はは、フィリアも止められたか。実は俺もさっきレオナルドに怒られてな」

「オスヴァルト様もですか？」

「ああ、王族ともあろう方が臣下の仕事を奪わないでくださいと言われたよ。ここはあいつらに任せたほうが良さそうだ」

楽しそうに話すオスヴァルト様の姿が未だに現実だと思えません。

リーナさんたちがいる日常を愛する彼と一緒に送る。

きっと、その嬉しさが今を夢のように感じさせているのでしょう。

彼女たちがものすごい勢いで動いてくれたおかげで、すぐにすべての荷物が中に運び込まれました。

「そろそろ休憩にしたらどうだ？」

「はいは〜い。ではでは、私がお茶を淹(い)れて参りま〜す」

オスヴァルト様がその様子を見て休憩にするかと提案すると、リーナさんがお茶を淹れてくれました。

新しいお屋敷の食堂は広々としていて、多くの客人を呼んでも余裕がありそうです。

「殿下、フィリア様。結婚式に参加をされなかった諸国の王族や有力貴族の方々から祝いの品物が届いております」

レオナルドさんが他国から送られた結婚祝いの品々を持ってきました。

結婚式のときにも多くの物をいただきましたが、これはかなりの量ですね……。

「ほう。それはありがたいな。引っ越しが落ち着いたら、礼状の手配をしてくれ」

「はっ！　このレオナルドに万事お任せください」

オスヴァルト様は顎を触りながら、運ばれてきた品々に視線を向けます。

「これは……アレクトロン王家からの贈り物か」

「派手な壺(つぼ)ですね〜」

リーナさんの言うとおり、アレクトロン王国からの贈り物は前衛的なデザインの壺でした。

この模様は確か——。

「アレクトロン王国で縁起物として扱われている〝女神の壺〟ではないでしょうか？」

「ほう。そういえばフィリア様の仰(おっしゃ)るとおり、女神の翼のようなものが描かれていますな」

レオナルドさんが私の言葉に同調しながら、壺を眺めます。

「アレクトロン王国では、創造の女神が最初の人間を創りその土地に住まわせたと信じられている。だから創作――特に芸術の分野に秀でているんだったな」

「ええ、女神をモチーフにした創作も縁起が良いと好まれていると聞いています」

「もしかして派手な壺とか言っちゃダメでしたか～？　私ったら女神様に失礼を～！」

リーナさんが私の話を聞いて気まずそうな顔をされます。

女神の表現がかなり抽象的なので、彼女がそう感じたのは特に変ではないのですが……。

「リーナ、そう落ち込まなくていい。ただ、屋敷の外では注意しろよ。顰蹙を買うかもしれないからな」

「は～い。気を付けま～す」

「次はジプティア王家から……これはペアグラスか？　んっ？　少し重いな…」

二つの透明なグラスを手にして、オスヴァルト様は私を見ます。

重い、というのは見た目よりもということでしょうか。

「貸していただいてもいいですか？――っ!?　これは魔道具ですね」

「魔道具？　このグラスが、か？」

「ええ、このグラスの底に魔鉱石を材料とした装置が仕込まれています。これが説明書みたいです」

私はグラスが入っていた箱の中から説明書を取り出します。

なるほど。このグラスの用途がわかりました。

「これはグラスに注がれた液体を急速に冷やす魔道具みたいです」

「ほう。それはすごいな」

「ジプティア王国には魔法と魔道具専門の研究所がありますからな。ルーク殿を捜したときに、私とリーナで訪れましたが、それはもう盛んに研究されていましたよ」

私の父カミルの故郷でもあるジプティア王国。

伝説の魔術師が住んでいたという、魔法の研究が大陸で最も進んでいる国です。

「国ごとに特色があるお祝いをいただけて嬉しいですね」

「ああ、そうだな。次は……ええーっと、これはなんだろうな？」

「美しい布地ですね。しかし、このあたりではあまり見ないものです」

オスヴァルト様が手にしている布地は象牙のような色合いで、金糸を使って綺麗に流れるように繋がる花模様の刺繍が施されておりました。

この手触りは、パルナコルタやジルトニアにはなかったものです。

「フィリア様、これは〝ムラサメ王国〟の反物というものでございます。しかもかなり上等なものです」

「ヒマリさん？　えっ？　これはヒマリさんの故郷の？」

ここまで沈黙を守っていたヒマリさんが、オスヴァルト様が手にしている布地を反物と呼びました。

彼女はムラサメ王国からの亡命者でした。

ムラサメ王国は大陸の北東の海峡を越えた先にある国。

その文化は大陸内の文化と大きく異なっています。

しかし、それだと少しだけ妙です。

「こちらはアーツブルグ王家からの贈り物なんですよね？　どうして、ムラサメ王国のモノを贈られたのでしょう？」

「そういえばそうだ。というか、ムラサメ王国とは国交も途絶えているし、突然祝いの品が届くわけないいんだよな」

「そうでございましたか。しかし、これは確かにムラサメの手法――」

私たちの言葉にヒマリさんは不思議そうな表情をして首を傾げます。

どうやら、この反物は純粋なムラサメ王国製のものと比べ、ひけをとらない出来栄えみたいです。

「ふっふっふっ、教えてあげましょうか～!?　衣料品のことならこのリーナにお任せくださ～い！」

「リーナさん、なにかご存じなんですか？」

自信満々の表情でリーナさんが、私たちに理由を説明しようと前に出ました。

リーナさんが衣料品に詳しいのは知っていましたが、まさか国外のものにも詳しいとは……。

「今ですね〜！　この新しい手法で作られた反物がアーツブルグ王国で流行っているんですよ〜！

パルナコルタの衣料品店にもちょっとずつ入荷されていましてですね〜！」

「それは真か？　リーナ」

「そうですよ〜！　ハリー・フレイヤっていう豪商人がこちらの反物で衣服を作ってですね〜。

アーツブルグの貴族たちに配って回ったらしいんですよ〜。そして、社交界から市井まで一大ブームを作ったらしいです〜！」

　アーツブルグ王国は商人の国とも言われています。

昔、大災厄のせいで一度国が滅んでしまい、移住してきた商人が国の基礎を作ったからだと言われています。

　商売人に有利な法律や制度が整っており、一攫千金を狙う者たちが今も移民として多くやってくるらしいので、他国のものが流行ることも多いのかもしれません。

「ふむ。しかし、リーナよ。新しい反物がムラサメ王国のものと酷似しているのは何故だ？」

「それはわかりませ〜ん。そもそもこれがムラサメ王国のものと似ているのも初めて知りました〜。

たまたま似ているだけじゃないですか〜？」

「いや、これはたまたま似ているというレベルじゃない」

　どうやらリーナさんはこの反物がアーツブルグで流行っているという情報は知っていたみたいですが、それがムラサメ王国製の物と酷似しているとは知らなかったようです。

ヒマリさんの口ぶりから想像すると、ムラサメ王国のオリジナルを知っている人が作っていそうですね。

「そのハリーとやらが何らかのきっかけでムラサメ王国の反物に目をつけて再現したのではないか？　アーツブルグの商人は商魂がたくましいと聞いているぞ」

オスヴァルト様は腕を組み、ヒマリさんとリーナさんの会話を聞いた上で持論を述べました。

「そうかもしれませんね。……しかし、大陸外にあるムラサメ王国の文化をアーツブルグ王国で再現したとて、それが流行るとは驚きです。ヒマリさん、ムラサメ王国の衣服とはそんなにも優れているのですか？」

つい、気になってしまい私はヒマリさんの故郷について質問します。

彼女にムラサメ王国のことを尋ねるのはこれが初めてです。

「そうですね。やはり上質なものは肌触りがよく、通気性にも優れています。ムラサメ王国は大陸と比べ湿度が高いので、こうしたものが好まれるのです」

「そういえば、アーツブルグも湿度はかなり高いと聞きますね」

「ならば、ムラサメの衣服は好まれるやもしれません。……しかし、これほど上質なものがアーツブルグに」

ヒマリさんは私の質問に答え、少しだけ懐かしそうに遠くを見つめました。

彼女の目から見て、アーツブルグ王家から贈られてきた反物は本家であるムラサメ王国の高級品と遜色ない出来のようです。

「ムラサメ王国は極力他国との交流を控えていますから、やはり不思議ですよね」

「ええ、不思議に思っております。しかし、我がフウマ家が仕えていたムラサメ家は分家の起こした謀反により滅ぼされましたから……風向きが変わったやもしれませぬ」

そうでしたね。

ヒマリさんの一族は権力闘争によって離散。彼女がこの国に亡命してきたのにはそういった背景がありました。

兄弟姉妹をすべて失ったと語ったあの日の彼女の瞳は、今でもはっきりと覚えています。

「ヒマリさん、すみません。思い出したくない話にも触れてしまいました……」

ムラサメ王国での壮絶な人生はきっと彼女にとって、思い出したくない過去でしょう。

それを興味本位で尋ねてしまって――。

「フィリア様、どうか、気にやまれませんように。主君たるあなたに興味を持っていただけて、家臣として嬉しゅうございます」

ヒマリさんは涼やかな笑みを浮かべて、私の手を握ります。

そのひんやりとした温度と真逆なくらい温かな心遣いを感じ、こみ上げてくるものがありました。

「ヒマリさんはきっと家族の方々をなによりも大事にされていたのですね。ですから、あのときもミアのことも大切に想(おも)ってくれたのではないですか？」

ミアが危険に晒されていたとき、側にいて彼女を護ってくれていたヒマリさん。

あの子が無茶をしたときも、それを尊重してくれたと聞きました。

ヒマリさんの慈悲深さはきっと、彼女の家族への想いが根底にあるからなのでしょう。

「……そうやもしれません。フィリア様がミア殿を案ずる姿に私自身を重ねたのは紛れもない事実であリましょう」

「ヒマリさん……」

「ですが、フィリア様。主君のために死力を尽くすのはムラサメの忍びとしては当然のこと。私がミア殿をお守り申したのは、あなたが私の主君だからです」

意志の強そうな黒曜石のごとき輝きを放つ彼女の目には一縷の迷いも見えませんでした。

ヒマリさんのような方が側にいる、その事実一つを取っても私は恵まれています。

「ありがとうございます。また少し、ヒマリさんのことを知れて良かったです」

「フィリア様……それはもったいなきお言葉。その、私などを知ったとて――」

「いえ、大切な人を知ることは、人生において大事なんです。ですから、ヒマリさんについてもっと知りたいと思っています」

「そ、そんな……」

私の言葉を聞いた彼女は頬を赤らめて、目を伏せます。

感じたままを伝えたのですが、どうしたのでしょうか？

「あ～！　ヒマリさん、照れてますね～！　珍しいです～！」

「リーナ！　私は断じて照れてなどおらん！」

「ふふふふ、それはどうですかね～？」

「なんだと！」

笑いながら、手を叩くリーナさん。

そんな彼女を見てヒマリさんは珍しく突っかかっていきます。

「ははは、ヒマリも変わったな。昔はもっとこう。感情を表に出すのが苦手でどことなくフィリアと似ているところもあったのだが」

「えっ？　そうなんですか？　すごく意外です。……ヒマリさんは情熱的な方だと思っていました」

「ああ、そうだな。……フィリアを主君にしてかなり明るくなった気がする。あなたがヒマリをそう評価するならば、それはきっとあなたの影響だ」

「オスヴァルト様……」

私が誰かに影響を与えているなど、考えてもみなかったことです。

しかし、オスヴァルト様と接するようになり、私は自分に変化があったことを強く自覚しています。

ですから、知らず知らずのうちに私も同様に……。それは自分では感じ取れないものなのかもしれません。

「オスヴァルト様、人って不思議ですよね。誰かから影響を受けていたり、誰かに影響を与えていたり。出会う人が異なれば、同じ人間でもまったく違う人間になるかもしれない。そう考えると不思議です……」

出会いが人を変える。それに気付いたのはつい最近です。

そして、その軌跡を辿(たど)ればその人についてだけでなく、自分にとっても大事なことを知るきっかけにもなります。

「うーむ。もちろん本人の生まれ持った気質によるところも大きいだろうが、出会った者たちによって変化する部分も無視できぬだろうな」

「はい。私はカミルについて知り、自分の中の新たな一面を知りました。ルーツを知れば新たな発見があるような気がします」

「なるほど……」

「そして、それは人だけじゃなくて、国もまた同じなのかもしれません」

私は本などで多くの知識を得た気持ちになっていました。

しかし、実際のところ知らないものや知らない感情がまだまだ多いです。

そして、私はパルナコルタの聖女となりましたが、まだ一年ほどしかこの国にいないのですから、国自体について知らないことばかりです。

「あ〜、わかりました〜。それで新婚旅行の行き先を国内にしたのですね〜」

そんな私の言葉を聞いてリーナさんがハッとして手を叩きます。

「リーナさんの言うとおりです」

さすがはリーナさんです。

私の言葉からすぐに新婚旅行先がパルナコルタ国内である理由にたどり着きました。

「私はこの国の聖女であるにもかかわらずまだ知らないことが沢山あります。それにオスヴァルト様のこともっと知りたいので、それらに触れられる行き先でお願いしました」

最初は他国の観光地に行くという話になっていたのですが、最終的にはパルナコルタ王国をゆっくりと回りたいという私の希望をオスヴァルト様は聞いてくれました。

「はは、面と向かって言われると照れるな」

「事実ですから」

「そっか。俺もフィリアのことをもっと知りたいな。せっかく結婚したんだし、全部知りたいと思っている」

「……た、確かにこれは照れてしまいますね」

「だろ？　はは、仕返しは上手(うま)くいったみたいだな」

「まぁ、オスヴァルト様ったら」

いたずらっぽく笑うオスヴァルト様。

こんなにも明るい毎日がこれからずっと続いていくのですね。

それを想像すると、明日が、未来が色付き始めます。

「フィリア……最高の新婚旅行にしような！」

「はい！　今から楽しみです！」

オスヴァルト様の言葉に私はうなずきます。

彼と結ばれるなど、初めてオスヴァルト様と出会ったときには考えもしませんでした。

オスヴァルト様、あなたは照れていましたが、私はあなたを知りたい。

一緒にいて、誰よりも安心するあなたのことを、気付いたらいつも考えているのです。

新しい屋敷のティータイム。リーナさんの淹れてくれた紅茶の香りが漂う中、私は屈託のない彼の笑顔にまた見惚(みと)れていました。

第一章　二度目の謁見

chapter One

「どうですかな？　新しい厨房（ちゅうぼう）でしたので、少し慣れるのに時間がかかりました」

翌朝、食堂に向かうとレオナルドさんが用意してくれた朝食がテーブルに並んでいました。

メニューはパン、ベーコンエッグ、サラダなど様々。

「さすがはレオナルドさん。どれもこれも美味（おい）しそうです」

「おお、久しぶりにレオナルドの料理が食べられるのは何だか嬉（うれ）しいな！」

「フィリア様、オスヴァルト殿下。そのお言葉だけでこのレオナルド、感無量です」

にこりと笑いながら会釈するレオナルドさんは本当に嬉しそうな様子。

お料理が苦手な私としては、彼の手から生み出される数々のメニューは、どんな魔法よりも輝いて見えます。

「じゃあ、食べるか」

「はい！」

オスヴァルト様の言葉とともに朝食の時間が始まりました。

いつもどおり、見た目どおり、美味しいです。

「そういえば、フィリア様～。今日は陛下のところに謁見なんですよね～？」

リーナさんの言葉を聞いて、少し肩に力が入りました。

そう。今日はとても大事な日なのです。

「はい。このあと、オスヴァルト様とともに挨拶に向かいます。……実は緊張していまして」

謁見の間にて陛下と対面する。

妹のミアを助けてほしいとお願いしたあのとき以来です。

あのときもそうでしたが、やはり謁見となると緊張します。

「結婚式のときにも会ったのに緊張するのか？」

「ええーっと、そうですね。結婚式のときは、結婚式で頭がいっぱいでしたから。そのときは特に気になりませんでした」

結婚式のときも緊張感はありました。

そのときは、儀式を失敗してはならないという緊張でしたので、陛下とも普通にお話しできたような気がします。

「ですが、やはり謁見の間というのは独特の雰囲気ですので……」

「フィリアが陛下に対して失礼な態度を取る心配はないだろ。心配しなくても大丈夫だ」

「オスヴァルト様……、ありがとうございます」

優しく私を安心させてくれるオスヴァルト様。

そうですね。彼も側にいてくれるので、きっと大丈夫ですよね……。

「フィリア様～、私は羨ましいです～。陛下と謁見だなんて～」

「リーナさん？」

紅茶のお代わりをいただいた私はリーナさんの言葉に首を傾げます。

羨ましいとは、一体どういう意味でしょうか。

「だって～、私たちは一回も陛下と謁見なんてしていないんですもの～。人生で一度くらいは体験したいです～。そうですよね～、レオナルドさん、ヒマリさん」

「「えっ？」」

同意を求めるように二人に質問をするリーネさん。

しかし、二人はキョトンとした顔で彼女を見つめました。

「え～っ！　どうしたんですか～？　二人とも。私、変なこと言いました～？」

「ふむ。私は陛下と謁見した経験がありますからな」

「私もあるぞ。すまぬな、リーナよ」

「へっ？　え～～っ!!　お二人とも陛下と謁見したことあるんですか～!?」

リーナさんは目を見開いてびっくりします。

どうやらお二人とも謁見した経験がないものだと思い込んでいたみたいです。

「私は騎士時代に手柄を上げまして。そのときに陛下より勲章を授与されたのです」

「あー、俺がまだ小さかった頃だよな。レオナルドはすごかったんだぞ。当時で言えばお前ほどの騎士はいなかった」

「殿下にそう仰っていただき、光栄の極みです」

かつては大陸最強のパルナコルタ騎士団で腕を振るっていたレオナルドさん。

確かに今もなお衰えを見せない身のこなしから察するに、昔はとんでもない達人だったのでしょう。

「むぅ～、レオナルドさんはわかりました～。じゃあヒマリさんは～？」

「んっ？　私は亡命した際、オスヴァルト殿下の護衛の任務につかせてもらうために、殿下の計らいで面談してもらったのだ」

ヒマリさんに限らずリーナさんやレオナルドさんも、私の護衛と世話係に任命されるまではオスヴァルト様の護衛をしていたのは聞いています。

しかしながら、よく考えてみれば、亡命者である彼女が王族の護衛の任務についているのは少々特殊ですね。

きっと、そこにはオスヴァルト様の取り計らいがなにかあったのでしょう。

「ええ～!!　じゃあじゃあ～、私だけが仲間外れじゃないですか～!!　オスヴァルト殿下～、ひどいですよ～!!」

目に涙を浮かべたリーナさんはオスヴァルト殿下に詰め寄ります。

――えっと、これは仲間外れなんでしょうか？

「うーむ。まいったな。……仕方ない、いつか機会を作ってやるから今は我慢してくれ」

苦笑いしながらオスヴァルト様はリーナさんをなだめます。

悲しそうな表情で訴える彼女に、オスヴァルト様もぞんざいに扱えなかったようです。

「わ～い！　本当ですか～！　やった～！　フィリア様～、今度新しいお召し物を一緒に買いに行きましょう～！」

「えっ？　あ、はい。わかりました」

「おいおい、どうしてフィリアも服を買わなくてはいけないんだ？」

「フィリア様がお召し物を買うのに理由なんか考えちゃいけませ～ん」

リーナさんは、呆れ顔のオスヴァルト様に胸を張ります。

確かに未だに私から服を購入したいと申し出たことはありませんでしたね。

きっと、衣服に無頓着な私に気を遣ってくれたのでしょう。

「オスヴァルト様が一緒に住んでくださるようになって、さらに賑やかになりました」

「おいおい、俺もリーナと同じ賑やかし要員ってことか？」

「い、いえ、そういうつもりでは」

「はは、わかっているさ。だが、きっとフィリアも賑やかさの一端を担っていると思うぞ。あなたも輪の中にいるんだから」

「そう、ですかね……？」

私も輪の中にいる。そのような考え方はしていなかったので、少しだけ驚きました。

でも、嬉しいですね。私がいて、誰かが同じ感情になってくれるのなら……。

「ところでフィリア様～、今日はドレスを着て陛下と謁見されるのですか～？」

「いえ、今日はオスヴァルト様の妻としてだけでなく、聖女としても赴くので聖女服で謁見します。

リーナさん、ヒマリさん、手伝っていただけますか？」

「わかりました～！」

「御意！」

リーナさんとヒマリさんに出かける準備を手伝ってもらい、私はオスヴァルト様と王城へ向かうために屋敷を出ました。

◆

「少し早く着きすぎてしまったな。謁見までまだ時間がある」

城門の前に着いたとき、オスヴァルト様は頭をかきながらそう呟きました。

「遅れるよりは良いではありませんか」

「それもそうだな。ちょっと散歩して時間を潰すか？」

「オスヴァルト殿下！　フィリア様！」

オスヴァルト様の提案にうなずこうとしたそのとき、よく通る大きな声が聞こえました。

この力強い声の持ち主は彼しかいません。

「フィリップじゃないか。どうしたんだ？　いつもこの時間は訓練しているよな？」

パルナコルタ騎士団長のフィリップ・デロンさん。

国一番の槍（やり）の使い手であり、オスヴァルト様にも槍術（そうじゅつ）を教えたという達人です。

「はい！　本日は会議がありましたので、そちらに出席してまいりました！」

「そうか、ご苦労だったな」

フィリップさんは背筋を伸ばして、王城にいる理由を語りました。

パルナコルタ騎士団は最近は復旧関連にも人員を回しており、かなり忙しいと聞いています。

それをまとめているフィリップさんも、やらなくてはならない仕事が増えているのでしょう。

「そういえば、聞きましたぞ！　殿下とフィリア様の新婚旅行！　私の実家であるデロン流道場にも行かれると！」

「ああ、フィリアの希望でな」

「なんと！　フィリア様のご意向でしたか！」

オスヴァルト様との新婚旅行。パルナコルタ王国内を周遊するという予定ですが、辺境にあるフィリップさんのお祖父様が運営しているデロン流道場に行くことになっています。

「祖父もきっと喜ぶでしょうが、しかしながら新婚旅行に道場とは些か変わっておりませぬか!?

いえ、単純な疑問なのですが！」

「それはオスヴァルト様が幼いときから何度か稽古をつけてもらうために訪れた場所だからですよ」

「殿下が幼いとき？　確かに私とともに祖父の稽古を受けに参りましたが……！」

「昔のオスヴァルト様にも興味があるんです。ですから、道場に行けばもっとよく知ることができると思いまして」

「なるほど！　そういう理由でしたか！　仲睦まじくて実に良いですなぁ！　はっはっはっ！」

「フィリップ、からかうなよ」

照れるオスヴァルト様と豪快に笑うフィリップさん。

――太陽のように温かく、朗らかで、どんなときも穏やかな彼の歩んできた軌跡。

オスヴァルト様の妻となった今、そんな彼のすべてを知りたくなったのは不自然な話でしょうか……。

「からかうなどとんでもない！　私は嬉しいのですよ！　フィリア様が殿下を想い、私の祖父の道場を訪れてくれるなど！　こんなにも喜ばしい話はありませぬ！」

嬉しそうに私たちを見るフィリップさんの目は、少しだけ潤んでいました。

そういえば、涙もろいとオスヴァルト様から聞いたことがあります。

「おいおい、泣きそうな顔をするな。大げさなやつだな」

「す、すみませぬ！　ですが、感無量でございます！　祖父にも手紙を送っておきますゆえ、新婚旅行をどうかお楽しみください！」

大柄な体を小さくしてフィリップさんは一礼します。

「ああ、久しぶりに先生に会えるのは楽しみだ」

「私も楽しみにしています」

「そうですか！　では、私はこれにて失礼します！」

もう一度頭を下げて、フィリップさんはこの場から立ち去りました。

「そろそろ時間だな。行くとするか」

「はい！」

私はオスヴァルト様の言葉にうなずき、彼のあとに続きます。

謁見の間までの道中、私は黙ってオスヴァルト様の背中を見ていました。

この大きな背中を見ながら以前ここを歩いたときは、ミアのことで頭がいっぱいでしたっけ。

「フィリア、まだ緊張しているのか？」

謁見の間の前についたとき、オスヴァルト様は立ち止まり私にそんな質問をします。

そうですね。朝は緊張していましたが――。

「いえ、リーナさんとフィリップさんのおかげでリラックスできています。大丈夫です」

「そうか。ならばいい。……では、入ろうか」

オスヴァルト様と私は謁見の間へと足を踏み入れました。


謁見の間にはエーゲルシュタイン国王陛下だけでなく、ライハルト殿下もいらっしゃいます。

殿下にも伝えておかなくてはならない話もありましたので、来ていただいたのです。

「陛下、謁見の機会を作っていただき、ありがとうございます」

オスヴァルト様と私は陛下の前で跪(ひざまず)きました。

相変わらず、陛下は威厳のあるたたずまいで、ピリピリとした空気が漂っています。

「うむ。二人ともよくぞ来てくれた。面を上げよ」

「はっ！」

「はい……」

私たちは陛下の言葉を受けて顔を上げます。

陛下の顔はこれまでに見たこともないほど、朗らかでした。

――まるで、オスヴァルト様みたい。

優しそうなその面立ちに、私は少しだけ驚きます。

「はは、今日はそう畏(かしこ)まらなくても良いだろう。オスヴァルト、フィリア殿。改めて結婚おめでとう。……オスヴァルト、良い縁を得たな」

「ありがとうございます。私も自分にはもったいない女性を妻にしたと思っております」

陛下の言葉は私にとって最大限の賛辞でしょう。

気分は落ち着いてきましたが、なんだか恐縮してしまいます。

「うむ。今日は新婚旅行の前の挨拶と聞いているが」

「はい。フィリアが新婚旅行の間、聖女としての務めを休みます。その許しを得るために参りました」

本日この場に訪れた理由を話すオスヴァルト様。

そうです。当たり前ですが、私は新婚旅行の間は聖女としてのお務めができません。

もちろん、そのために私も色々と準備はしています。

「その件については承知している。フィリア殿、ゆっくり旅行を楽しんできなさい。あなたのこの国への貢献は計り知れない。むしろ、旅行のあともしばらく休んでもらいたいくらいだ」

「は、はい。お気遣いありがとうございます」

こちらに顔を向けて、声をかけてくださる陛下に私は頭を下げます。

そこまで仰ってもらえるとは……。帰ってきた後で休むつもりはありませんが、そのお言葉はとてもありがたいものでした。

「ときにオスヴァルトよ。結婚式のとき新婚旅行は国外だと聞いていたが、国内になったのはフィリア殿が気を遣ったからではないのか?」

「いえ、そうではありません。これはパルナコルタについてもっと知見を深めたいと願う、フィリアの希望です」

「ほう。フィリア殿の希望とな」

オスヴァルト様の言葉を受けて、陛下は顎を触りながら私の顔をご覧になります。

「……フィリア殿、そうなのか?」

「はい。パルナコルタ王国の一員として、この国のことを知りたいとオスヴァルト様にお願いしました」

この国に来てから一年と少ししか経っていないので当たり前ですが、パルナコルタ王国について私はまだほとんど知りません。

しかし、私は第二王子の妻となりました。

立場的にも、もっと多くを知らねばならないという気持ちがまずあります。

ですが、私が知りたいのです。オスヴァルト様の愛するパルナコルタ王国について。

愛している男性が愛している国を、私も愛したい。

その気持ちが大きいのです……。

「ふふ、ならばよい。楽しんできなさい。これは国王としてではなく、あなたの義父としての素直な願いだ」

「あ、ありがとうございます」

笑顔を見せながら、うなずく国王陛下。

私には父親がいません。カミルについて知っても父親がいたという実感は持てませんでした。

ですから、どこまでも私を気遣う陛下の優しさに触れて、胸が熱くなります。

「うむ。こちらからは以上だと言いたいところだが、ライハルトよ。お前からも何かあるのだろう？」

陛下は、ライハルト殿下のほうを向いてそう尋ねました。

私からも用事があったのですが、その前に殿下からもあるみたいです。

「はい。私も陛下と同じく新婚旅行のルートの確認となります。とはいえ、少しだけ細かくなりますが」

ライハルト殿下は一歩前に出て、書類を手にして私たちを見据えました。

新婚旅行のルートに関しては確かに事前に殿下に提出していましたが、なにかあったのでしょうか……。

「オスヴァルト、こちらによると主に国内の遺跡を巡るという形になっているが、そのあたりの変更はないな？」

「ああ、フィリアがまずは古い歴史から知っていきたいと言っていたからな」

パルナコルタには数多くの遺跡があり、歴史的な建造物も多いです。

ですから、私は国内の有名な遺跡を数カ所回りたいと希望を告げました。

「承知した。遺跡については問題ない。確認しただけだ。デロン流道場についても同様だな」

「と、すると。兄上が気になっているというのは――」

「もちろん、この〝魔障火山地帯〟付近という部分だ。これはどういう意図なのか教えてほしい。……できれば、フィリアさんのほうから教えてくれませんか」

ライハルト殿下はオスヴァルト様から視線を私のほうに向けました。

なるほど。殿下の気がかりはその点でしたか……。

「〝魔障火山地帯〟が危険地帯なのは永続的に爆発が起きているからです。実は、爆発を止める方法を探ろうと思いまして」

「なっ!? 〝魔障火山地帯〟の爆発を止める方法、ですか?」

「はい。あの場所に行ったとき、爆発を体験してその原因も分かりましたので……」

「それは驚きですね。いえ、フィリアさんならできても不思議ではないのですが」

私の言葉を聞いてライハルト殿下は驚愕されましたが、すぐに落ち着きを取り戻して、話を続けられました。

あの爆発さえ止められれば、〝月涙花〟を容易に採取できるようになる。

まだまだ〝月涙花〟の量産の目処は立っておらず、研究するにも圧倒的に量が足りないという現状のため、私はあれからずっと爆発を止める方法を考えていました。

「俺もフィリアからその話を聞いたときは驚いた。もちろん、爆発が起きるような危険な場所には立ち入らないから、大丈夫だ」

「理由はわかった。しかし、新婚旅行中にそのような真似(まね)を……。戻ったあとにゆっくりしても良い気がするが」

「いや、兄上。それは違う。研究はフィリアの知的好奇心を満たすためだから、人助けや国益のためという側面以外にも、楽しむという意味もあるんだ」

オスヴァルト様は私を誰よりも理解してくださっています。

以前はリーナさんに趣味を質問されても答えられませんでした。

ですが、今は研究や開発が趣味と言ってみても良いような気がしています。

そんな自分で良いのだとオスヴァルト様に肯定されたから。

「なるほど。あくまでもフィリアさんの趣味の範疇(はんちゅう)だと。国家……いや、大陸レベルで貢献できる研究が趣味というのはなんとも言えないが、らしいといえばフィリアさんらしい」

ライハルト殿下は納得したらしく、書類をもう一度確認して私たちのほうを向きました。

「陛下、私のほうからは以上です」

「うむ。……それでは、オスヴァルト、フィリア殿。お主らからはなにかあるか？」

ライハルト殿下の言葉にうなずき、陛下は私たちに問いかけました。

陛下の時間をいただくのは恐縮ですが――。

「申し訳ありません。私のほうから一つだけよろしいでしょうか？」

「フィリア殿か。そう畏まらずともよいぞ。あなたの発言は千金に値する」

「恐縮です。陛下……」

お許しを得たので、私はかばんの中からブレスレットを取り出しました。

そして、ライハルト殿下のもとに持っていきます。

「これは……、魔道具ですか？　フィリアさん」

「はい。こちらのブレスレットは聖女のお務めの際に離れていてもリーナさんたちと連絡が取れるようにと作った魔道具です。ブレスレットから魔力の波長を飛ばして、会話できるという仕組みなのですが――」

「ええ、覚えています。確かアスモデウスにより、フィリアさんが魔界と地上の狭間の世界に攫われてしまった際に使われていましたよね？」

「そうです。そのときと同様のものです」

ライハルト殿下の仰るとおり、あのときもこのブレスレットのおかげで現状を伝えられました。

魔道具とは先日いただいたグラスもそうですが、魔法が使えない者でも魔法と同様の効果を弾き出せる道具なので、ライハルト殿下も扱うことができます。

魔鉱石という希少な材料が必要なので、大量生産は不可能ですが、たまにこうして聖女の務めに必要なものを作っているのです。

ただ、このブレスレットは非常に燃費が悪く、古代魔術を利用して大量の魔力を注入しなくては起動しません。

一般的に普及させるためにはその点を改良することが課題となるでしょう。

それでも、ライハルト殿下は魔鉱石による魔道具は国の発展のために必要だからと、輸入量を増やすように手配してくれました。

しかし、とある豪商が各国の輸入ルートを厳重に管理しており、今以上の量を融通するのは難しいみたいです。

「……なにかございましたら、こちらをお使いになって、ご連絡ください」

「フィリアさん。あなたはなにからなにまで――。わかりました。しかし、私も余程の事態が起こらない限りは使わないと約束しましょう」

「お気遣い感謝します。ライハルト殿下」

私はライハルト殿下と陛下に一礼して、オスヴァルト様の隣に戻りました。

これで、もしものときも安心です。

「ふーむ。不測の事態といえば、ライハルトよ。マーティラスの四女。名をグレイス殿と言ったか。あの娘がフィリア殿の結婚式の際に代理の聖女としてパルナコルタに来ると言っていたが……」

そのとき、陛下が思い出したようにライハルト殿下に尋ねました。

そういえば、グレイスさんがそのような話をしていましたね……。

「確かにグレイスさんから提案をいただいたのは事実です。ですが、彼女はあくまでもボルメルンの聖女ですから。あまり他国の聖女を頼りすぎるのは外交上よろしくないかと」

「なるほどのう。うむ……お前の言うとおりかもしれんな」

陛下も納得された様子。

そうですね。グレイスさんは、目を輝かせていましたが、ライハルト殿下の判断が正しいように私も感じました。

「では、改めて。オスヴァルト、フィリア殿。良い思い出を作って帰ってきなさい。それ以外にはなにも望んどらん」

「わかりました。必ずやフィリアと最高の思い出を作ってくると約束しましょう。陛下、お気遣いいただき感謝します」

「オスヴァルト、その約束違えることは許さぬぞ」

「はっ！」

オスヴァルト様の返事と同時に私たちは陛下に頭を下げます。

そして謁見は終わり、私たちは退出しようとしました。

「オスヴァルト、このあと私の執務室に少しだけ顔を出してくれないか？」

「なんだよ、兄上。ここじゃ話せない内容なのか？」

陛下たちに背を向けたとき、ライハルト殿下がオスヴァルト様を呼び止めます。

どうしたのでしょう……？

「そういうわけじゃない。が、新婚旅行前のフィリアさんに聞かせるには相応しくない話だ」

「おいおい、俺も新婚旅行に行くんだぞ。……まぁいいや。フィリア、ちょっと待っていてくれないか？」

「わかりました」

オスヴァルト様はライハルト殿下と共に執務室に向かい、私は二人の会話が終わるのを待つことになりました。

◆

「待たせてすまなかったな」

「いえ、早かったですね」

王宮の中庭で少し待っていると、オスヴァルト様がやってきました。

「どんな話なのかは聞かないほうが良いんですよね？」

「うーん。そうだな。今はまだ聞かないでおいてくれないか？」

私の質問にオスヴァルト様はどこか遠い目をして答えます。

ライハルト殿下は彼とわざわざ二人きりの場を設けてお話しされたのですから、その返答は当たり前ですね。

「わかりました」

「はは、素直に聞いてくれるんだな」

「オスヴァルト様がまだと仰るなら、いずれ必ず話してくれると信じていますから」

彼の言葉がまだ話せない、というニュアンスを含んでいたのはわかっていました。

でも、私の力が必要ならばきっと相談してくれるはずです。

「ああ、必ずそうする。約束するよ」

オスヴァルト様は私の目をしっかりと見つめてうなずきました。

それならば私はこれ以上、なにも言いません。

「しかし、陛下との謁見に話を戻すが……随分と落ち着いていたな。さすがだ」

「いえ、結局上がってしまいました。緊張していないと言った手前、顔に出さないように努めていたんですよ」

「あはは、本当か？　それを想像するとなかなか面白いな」

「お、オスヴァルト様、笑わないでください。恥ずかしくなってきました」

私の言葉にお腹(なか)を抱えて笑うオスヴァルト様。

なんだか、顔が熱くなります。

私としてはもう少しなんとか毅然とした態度で謁見に臨めると思ったんですけど、陛下が思いの外気さくでしたので却って緊張してしまいました。

もちろん、陛下の心遣いには感謝しております。

「あんなにも、私たちの旅行を親身になって気にかけてくださるとは思いませんでした」

「父は……いや、陛下は昔からそういう人だったよ。俺や兄上にも王としては厳しかったが、父としてはあれほど慈愛に満ちた人を俺は知らない」

「オスヴァルト様……」

オスヴァルト様は眩しそうに目を細めて、父親である国王陛下について語ります。

きっと彼の温かさは陛下譲りなのでしょう。

自然と私はそう確信できました。

「しかし、よかった。フィリアが遠距離でも連絡を取り合えるあの魔道具を兄上に渡せて。これでなんの憂いもなく新婚旅行に行けるな」

「そうですね。ライハルト殿下も本当はグレイスさんの申し出を受けるかどうか迷っていたようでしたし、安心していただけたかと」

私たちの結婚式のとき、グレイスさんは自らが代理の聖女になると強く主張していました。

ライハルト殿下も私たちが国外に旅行に行くならば考えたいと答えていました。

あれだけ短期間でジプティアやダルバートに行けたのはマモンさんの転移扉のおかげですから、遠い場所に聖女がいるというのはやはり懸念すべきところだったのでしょう。

国内ならば、万が一のときもすぐに戻れるので、連絡さえ取れれば大丈夫なはずです。

「グレイス殿、あのまま押しかけてきそうな雰囲気だったもんな。もしかしたら、俺たちの旅行の出発当日に押しかけてくるかもしれんぞ」

「ふふ、まさか。グレイスさんはマーティラス伯爵家のご令嬢ですよ。伯爵様がそれを許さないでしょう」

「はは、冗談だ。では、帰るとするか」

オスヴァルト様にエスコートされて、私は馬車に乗り込みます。

そして、ゆっくりと馬車が進み出して、私たちの新居を目指しました。


「フィリア様！　新しいお屋敷も立派ですわ！　わたくし、あまりの美しさに感動いたしました！」

「「…………」」

屋敷に戻ると満面の笑みを浮かべたグレイスさんに出迎えられて、私たちは驚きのあまり顔を見合わせました。

まさか、オスヴァルト様の冗談どおりになるとは……。

「はぁ……、ですから申しましたでしょう。フィリア様もオスヴァルト殿下もきっと驚かれる、と。

申し訳ございません。お嬢様がどうしても行きたいとわがままを仰ったものですから」

彼女の背後から現れたのはマーティラス家の執事であるアーノルドさんです。

困った表情を浮かべた彼は丁寧に頭を下げます。

「いいえ、確かに少しだけ驚きましたがお気になさらずに。よく来てくださいましたね。グレイスさん」

「うむ。会えて嬉しいぞ」

「フィリア様、オスヴァルト殿下……!! 突然申し訳ありませんの！ わたくし、お二人が新婚旅行に行かれると聞いてからというもの、いても立ってもいられませんでしたの！」

ハッと我に返ったようにグレイスさんもまた頭を下げました。

「お気遣いいただき、ありがとうございます。……ですが、マーティラス伯爵からの許可は大丈夫なんですか？」

「もちろんですわ！ 師匠であるフィリア様が必要なときに助けるのが弟子であるわたくしの務めのはずだと、激励してくれましたの！」

目を爛々(らんらん)と輝かせながら、グレイスさんはお父様である伯爵様の言葉を伝えます。

そういえば、そのような感じの方だったような気もしてきました。

マーティラス伯爵や長女のエミリーさんは義理堅い気質の方でしたね……。

「お嬢様……、興奮しすぎです」

「はっ！　ご、ごめんなさいですの。あの、フィリア様。……本当はご迷惑でしたか？」

「いいえ、そんなことはありません。グレイスさんがきてくださり、嬉しく思っていますよ」

「そ、そうですか！　良かったですわ！」

落ち込んで、しょんぼりした表情のグレイスさんでしたが、私の声を聞いてにっこりと笑みを浮かべます。

彼女もミアと同じく妹気質というか、可愛(かわい)らしいところがあります。

「では、フィリア様が不在のときはわたくしが代わりに――」

「いや、それは遠慮してくれ」

「オスヴァルト殿下……？　遠慮というのは、聖女の務めの代わりはいらないという意味ですか？」

「ああ、そのとおりだ」

オスヴァルト様はグレイスさんの質問にうなずきます。

そうなのです。たとえ、彼女が気を利かせてやってきてくれたとしても、それに甘えるわけにはいきません。

「せっかく来てもらって悪いが、パルナコルタ王国にも面子(メンツ)がある。グレイス殿の気持ちは嬉しいが、あなたを聖女の務めに出すわけにはいかない」

「そ、そうでしたか。わかりましたの。オスヴァルト殿下がそう仰るのでしたら、従いますわ」

「すまんな。こちらの都合を押しつけてしまって」

「いえ、押しかけたのはわたくしですもの。お気になさらないでください」

グレイスさんはオスヴァルト様に笑顔を向けました。

私もグレイスさんが来てくれて本当に嬉しいと思っています。

できるなら、彼女の成長をこの国で見てみたい気持ちもありました。

「どうします？　グレイスお嬢様。エリザベス様のお墓参りをしたら、ボルメルンへ帰りますか？」

会話をここまで聞いていたアーノルドさんがグレイスさんにそう問いかけます。

確かに彼の言うとおり、新婚旅行中は私たちもいませんし、そのほうがいいかもしれません。

「いえ、そのつもりはありませんわ。……無事にお二人が帰ってくるまで帰国するわけにはいきませんわ」

「えっ？」

真剣な目つきでアーノルドさんに反論するグレイスさん。

彼も意外だったのか目を丸くします。

「だって、お二人の幸せな新婚旅行中に万が一のことがありましたら、わたくし駆けつけなくてはなりませんもの。これは聖女としてではなく、個人的なわがままですわ」

「堂々とわがまま言わないでくださいよ」

やれやれというような表情で、アーノルドさんは頭をかきます。

グレイスさんのわがままですか……。こういったところもミアに似ているような――。

「うーむ。仕方あるまい。俺から兄上に伝えて、グレイス殿を王宮の客人として預かるようにしておこう。兄上も反対はせぬだろう」

「オスヴァルト殿下!? そ、そんな、悪いですわ。宿なら別に取りますから」

「なにを言う。恩があるマーティラス家の聖女を無下に扱うなど許されん。兄上の話し相手にでもなってやってくれ」

朗らかな笑みを浮かべながら、優しくオスヴァルト様はグレイスさんに提案します。

ライハルト殿下ならきっと彼女をきちんと客人としてもてなすでしょう。

「……わ、わかりましたわ。オスヴァルト殿下、わたくしのわがままを受け入れてくださり、ありがとうございますの」

「わがまま? 俺は特にそう思っていないが。まぁ、ゆっくりしていってくれ。なぁ、フィリア」

「はい。来てくれて嬉しかったですし、久しぶりに修行の成果でも見せてください」

「フィリア様……!! わたくし、わたくし……!!」

なぜか涙ぐむグレイスさん。

なんだかさらに賑やかになって、自然と頬が緩みます。

こんなに騒がしい日々が続くなんて、一年前は思ってもみませんでした。

◇（オスヴァルト視点へ）

「どうしたんだ？　改まって話があるって」

フィリアを待たせて、執務室で兄上と顔をつき合わせる。

しかし、陛下とフィリアの前で話せない内容ってなんだ？

新婚旅行前にはそぐわないと言っていたが、不穏な気配がする。

「おそらく杞憂で済む話だろうし、私もお前に伝えておくか迷ったんだが」

「迷ったんだが……？　なんだよ？　歯切れが悪いな」

「うむ。実は……最近、私のもとに武器を買わないかと商人が交渉しに来ていてな」

「武器を？　わざわざ商人が？　そりゃ、珍しい」

大陸中の国が和平条約を結んでいる中、戦争はここ数百年起きていない。

ダルバート王国にいる教皇を中心として、国々がそれなりにまとまっているのもあるが、魔物などの処理で軍部も手一杯だからだ。

魔物対策は聖女の結界にも頼っているが、国の兵力もその対策に充てている。

商人が武器の営業のために兄上のもとを訪問するとは、確かに違和感があるな……。

「ああ、珍しい話だ。私もそう思ったが、だからこそ話を一通り聞いておこうと商人を招き入れた」

「で、武器を買わせようとした商人の主張はどういうものだったんだ？」

「フィリアさんが周辺国の良からぬ勢力から狙われている。もちろん噂レベルの話だ。しかも表立ってではない。……が、どうもそういう話があるらしい」

「な、なんだって⁉」

意味が分からない。

どうしてまた、フィリアが周りの国から狙われねばならないんだ。

兄上の言葉に俺は思わず大きな声を出してしまう。

「落ち着け。これは噂レベルだと言っただろう」

「落ち着いていられるか！　そもそも、そんな話があるだけでも変じゃないか！　フィリアは国だけじゃない！　大陸中を救って教皇様より大聖女の称号を賜った英雄だぞ！」

「……そうだ。フィリアさんは間違いなく英雄だ。だからこそ狙われている」

「はぁ？」

兄上は俺の言葉を肯定すると、苦々しい表情を浮かべた。

フィリアが英雄だから狙われている？

意味がわからん。兄上はなにを言っているのか。

「〝月涙花〟の一件、あの出来事以降……フィリアさんは聖女としてだけでなく、彼女自身の有用性をあまりにも他国に知らしめてしまった。パルナコルタ王国の国としての力がフィリアさん一人の力によって大きくなりすぎてしまい、畏怖されている」

「そ、それはつまり。フィリアが恐れられ、周りの国から警戒されているって意味か？」

「ああ、そういう噂が出ているという意味だ。何度も念を押すが、各国の王族からそのような恥知らずな話があるわけではない。一部の血の気の多い貴族たちが勝手に恐れているだけの話だ」

まったく、人間というのは浅ましいな。

フィリアに救ってもらっておいて、その力を恐れるだなんて。

しかし、〝月涙花〟の一件は兄上の提案だが、詳細をなるべく公にしないようにしていて正解だったな。

彼女の功績で〝月涙花〟をある程度まとまって手に入れられた、というだけでそのような噂が流れたのだ。

もしも、〝魔瘴火山地帯〟で採取したという情報まで知られたらなにが起こるかわからなかった。

あの場所は到底人間が探索できる場所ではないのだから。

無事に生還してきたという事実だけで、フィリアの力を畏怖する者がさらに出てきてもおかしくない。

「そもそも大破邪魔法陣がなかったら、大陸中の国家は未だに崩壊の危機に瀕(ひん)していただろう。与えてもらった平和の中でそんな不埒(ふらち)な考えを抱くなど、俺には理解できん」

「その大破邪魔法陣も、だよ。魔物たちによる危機が皆無となった今、安全が担保された。そうなると次は人間同士の争いになるという懸念が出てくる」

「そんな馬鹿な！」

それじゃあフィリアが行ってきた努力はなんだったんだ？

平和になったから次の争いだと？

意味がわからない。どこまで愚かな思考なんだ……!!

「馬鹿というのは私も同感だ。……しかしその懸念が噂となり武器まで売りつけに来る者もいる始末。不安を煽るような商談をされたよ」

「ならば、兄上は武器を購入したのか？」

「購入するもなにも、そもそも予算がない。商人も足元を見ているのか知らんが、かなり大量の武器を購入するように、と提案してきてな」

予算、か。兄上の言葉を聞いて俺は納得した。

ここ一年は色々とあって国庫の支出が例年よりも増えてしまった。

武器を購入しようと思ってもパルナコルタ王宮にはそれだけの金がないのだ。

「じゃあ、買えなかったのか？」

「いや、予算がないと言っても引き下がらなくてな……一つだけ王都を守るための武器を買いつけた。特注品と言って熱心に営業をされて押し負けたよ。やはりフィリアさんを人間同士の争いに巻き込むわけにはいかないだろ？」

「当たり前だ」

フィリアの力は確かに大きい。

だが、それは魔物から国を守る力であって、戦争などの人間の争いに使う力ではない。

彼女の手をそんな形で汚しては絶対にならない。

「お前も承知していると思うが、パルナコルタは大陸の中心にあるがゆえに、友好条約前は他国の者の犯罪が多かった」

「ああ、もちろん知っている。だから未だに他国の人間の犯罪には厳しい法律が残っているからな」

パルナコルタの法律では他国の人間が罪を犯して捕まった場合、連座して国内にいる罪人の親兄弟も罪を負うと定められている。

平和な世の中になっており、フィリアも隣国からやってきた昨今。

このような法律は廃止すべきだという声が上がっているというのに……。

「うむ。そのような法律を作らなくてはならぬ状況に逆戻りさせるつもりは毛頭ないが、注意してくれ」

「……事情はわかった。とりあえず、俺だけを呼んだのは新婚旅行中もフィリアの身を守れと忠告したかったというわけか」

「そのとおり。もちろん単純な力ならお前などより、フィリアさんのほうが持ち合わせている。彼女は自分の身は自分で守れる人だ。手を汚さずとも賊を制圧するのは容易だろう」

「事実だがはっきり言うな。ちょっと気にしているんだぞ」

残念だが、俺は魔法も使えない普通の人間。

フィリアのような奇跡とも呼べる力を持ってはいない。

彼女はいつだってそのピンチを自分の力で乗り越えてきた。

「だが、彼女はきっとお前を頼りにしている。心の支えとしてな」

「兄上……」

「時々、お前の度量の大きさを羨ましく思う時がある。フィリアさんを一人の人間として、女性として、なんの偏見も持たずに接せられるのはお前くらいのものだ。オスヴァルト、お前はお前のままで彼女を助けてやればいい」

かつて兄上はエリザベス殿の助けになろうと政務に没頭していた。

彼女にしたって、聖女であるからフィリアには及ばずとも力があった。

だから兄上は第一王子として、自分にできることで彼女を支えようとしたのだ。

「力には様々な種類がある。フィリアさんはなんでもできる。だが、彼女はなんでもできるからこそ、それが弱点になっているのだ。その弱点を補えるのは、オスヴァルト。お前しかいない……少なくとも私はそう信じている」

「おいおい、珍しいな。俺を褒めるなんて」

「褒めてなどいない。事実を言ったまでだ。お前がフィリアさんを守らねば国益にかかわる」

また、最後に嫌な言い回しをする。

それが兄上らしいといえば、兄上らしい。

まさか、俺が励まされるとはな。

いや、待てよ。落ち込ませるようなことを言ったのは兄上か。

まったく、不器用な人だ。だが、ありがたい。

「とにかく、フィリアが噂レベルだが何者かに狙われる恐れがあるから旅行中も気を付けろって言いたいんだな？」

「そうだ。今はそのくらいの認識でいい。フィリアさんには黙っておけ。せっかくの旅行だ。楽しんでもらいたい」

「ああ、任せとけ。絶対に言わないよ。それは約束する」

フィリアがなんでもできるがゆえに、それで狙われるなど理不尽もいいところだ。

完璧な聖女。歴代最高の聖女。そんなふうに言われているが、彼女はただ誰かのために生きたかっただけなんだ。

——二人で幸せになる。結婚式の日、俺たちはそう誓った。

フィリア、俺は必ずあなたを生涯かけて守り続ける。

第二章　新婚旅行

chapter Two

グレイスさんが来て三日後、新婚旅行に出発する日を迎えました。

オスヴァルト様と私の他に、リーナさんとレオナルドさん、そしてヒマリさんがついてきて身の回りの世話をしてくれます。

「今回は随分と立派な馬車を用意してくれたのですね」

「うむ。これはパルナコルタ王族御用達（ごようたし）の馬車だ。さすがに新婚旅行では最高のものを使わねば、な」

目の前には豪華な装飾が施された大きな馬車が鎮座していました。

これが王族御用達の馬車ですか……。なんだか乗るのも憚（はばか）られるほど立派です。

「わ～い！　一度乗ってみたかったんですよ～！」

「やれやれ、リーナ。我々はあくまでもオスヴァルト殿下とフィリア様の使用人としてですねぇ」

「レオナルドさん、大丈夫ですよ。リーナさんが喜んでくれたおかげで私も気が楽になりました」

「わ～！　フィリア様～、お優しすぎます～！」

ニコニコしながらリーナさんは私に抱きついてきます。

――彼女の底抜けの明るさは癒やしになりますね。

「あまりリーナのやつを甘やかさなくて良いぞ。浮ついた気持ちで仕事をするかもしれんからな」

「あ～！　オスヴァルト殿下、酷いですよ～！」

「殿下の仰るとおりだ。リーナ、お前は常在戦場の心得を持て。でないとフィリア様の身に危険が迫っても守れぬやもしれぬぞ」

「ひ、ヒマリさんまで～！」

そんなリーナさんはオスヴァルト様とヒマリさんから注意を受けました。

そこまで、肩に力を入れなくても良いと思うのですが。

んっ？　肩に力を入れなくても？　私、今までそんな考えなど……。

自然に、このような考えをしている自分に気が付いてびっくりです。

「今日までお嬢様をお屋敷に住まわせてくださりありがとうございました。オスヴァルト殿下とフィリア様の寛大さにマーティラス伯爵に代わり感謝いたします」

あちらも王宮に向かう準備が済んだのか、アーノルドさんがうやうやしく頭を下げてお礼を口にされました。

マーティラス家の馬車も私たちの馬車の隣に停車しています。

「いえ、特にお構いもできなくて申し訳ありません。戻りましたら、またおもてなしをさせてくださいね」

「お心遣い恐縮です。それではフィリア様――」

「待ちなさい、アーノルド。あなた、勝手に話を終わらせるなど許しませんわ。わたくしの挨拶を割愛するとは何事ですの？」

「お嬢様に気を利かせて、失礼のないご挨拶をしようと思っただけですが」

「お黙りなさい。わたくしとフィリア様の会話時間を奪うなど言語道断ですわ」

頬を膨らませて怒るグレイスさん。

アーノルドさんも悪気はなかったのだとは思いますが、バツが悪そうな顔をしています。

「フィリア様！　わたくし、本当は憧れのフィリア様の代役になりたくて仕方がなかったですの！」

「グレイスさん……」

「ですが、代役になってもフィリア様になれるわけではないですものね。ですから、わたくしは――もっと修行していつかフィリア様に自慢の弟子だと言ってもらえるように精進いたしますわ！」

ヒルダお母様にその一言をいただいたとき、私は日々の修行がすべて報われたと歓喜しました。

喉元までその言葉が出かかりましたが、私はそれを堪（こら）えます。

軽くない。軽々と口にするほど無責任であってはならない。

師匠であり、母であったヒルダお母様の厳しさは愛情であった。

その愛が私を成長させてくれたのならば、今はまだ彼女に告げるわけにはいかないでしょう。

「グレイスさん、信じていますよ。あなたが今までどおりひたむきに進み続ければ、きっと素晴らしい聖女になれるはずです」

「は、はい！　約束します！　わたくしは歩みを止めませんわ！」

これで良かったんですよね、お母様。

――グレイスさん、本当は私もまだまだなんですよ。

ですが、ミアやあなたが私の背中を追ってくれるなら、私は目標として相応しくありたいです。

「グレイス殿、兄上にはボルメルンの話でもしてやってくれ、きっと喜ぶ」

「オスヴァルト殿下……。なにからなにまでありがとうございます」

「気にするな、グレイス殿の好意は嬉しかった」

ライハルト殿下の客人として、これから王宮に招かれる手はずになっているグレイスさんはどことなく緊張しているように見えました。

「グレイスさん、心配なさらないでください。ライハルト殿下はお優しい方です」

「フィリア様？……は、はい。お二人の結婚式でも少しだけお話ししましたし、大丈夫ですわ」

少しだけ間を置いて、うなずいたグレイスさんは微笑みを浮かべてこちらを見ます。

「それでは、フィリア様、オスヴァルト殿下。いってらっしゃいまし。素敵な新婚旅行になることを祈っておりますわ！」

「いってきます」

「ああ、いってくる」

私たちはグレイスさんと挨拶を交わして、馬車に乗り込みました。

いよいよ新婚旅行に出発です。

王国でも屈指の名馬が引く馬車の心地よい揺れを感じながら、私は期待に胸を膨らませました。

ちなみに馬車は二台用意されており、私とオスヴァルト様の馬車には護衛としてリーナさんが乗っています。

彼女の言うとおり、この国には規模や歴史の違いこそあれ、実に多くの遺跡が点在していました。

地図を広げて見ているリーナさんは、感心したような声を出します。

「へぇ、パルナコルタに遺跡ってこんなにあるんですね～」

リーナさんとヒマリさんが目的地ごとに交代で護衛をしてくれるとのことです。

レオナルドさんは予備のブレスレットを携帯しており、後ろの馬車からこの馬車に万が一なにかあったときに素早く王宮に連絡する役割を担っています。

「古代人がパルナコルタには多く住んでいたみたいなんですよ。ですから、私の故郷のジルトニアと比べても三倍以上の数の遺跡がありますね」

「他の国と比べても多いんですね～」

「はい。ですから、古代人の遺した貴重なものも数多く発掘されています。今回はその中でも特に珍しいものが見られるそうなので楽しみです」

前々から興味があった古代人の遺物。

その中には今の魔道具の技術を超えたものもあり、それらは厳重に保管されています。

もちろん簡単に見られるものではありません。

特別に機会を設けてもらったのです。

「俺も見たことがないから楽しみだ。フィリアから古代の話を聞いて興味が出てきたからな」

「そうなんですか？　オスヴァルト様にお付き合いしてもらって申し訳ないと思っていたのですが」

「あはは、そんなの俺が興味を持っていなくても気にしなくていいぞ。フィリアが楽しめれば俺も幸せなんだから」

私の懸念を笑い飛ばすオスヴァルト様。

――この方はどこまで先回りして私を受け止めてくれるのでしょうか。

「でもでも～、今日の最後の目的地がデロン流道場なんですね～。フィリップさんの実家の～」

「ああ、二日目に向かう予定の遺跡との中間地点だからな。久しぶりに行くから懐かしい。先生に会うのも楽しみだ」

リーナさんの言葉を肯定するオスヴァルト様。

槍術（そうじゅつ）については詳しくないですが、フィリップさんはもちろん、オスヴァルト様の腕も相当なものです。

そのルーツとなる道場がどんなところなのか、こちらも遺跡と同じくらい興味がありました。

「どんな所なんですか～？」

「んっ？　行けばわかるが、とにかく山奥だよ。雰囲気はヒルダ殿の屋敷をもっと薄暗くしたような感じだ。子供の頃はそれがちょっと怖くてな」

「へぇ～、そうだったんですね～。フィリア様だけじゃなくて、私たちも初めて行くから楽しみですよ～。レオナルドさんやヒマリさんもきっとそうなんじゃないですかね～」

「いや、レオナルドもヒマリも道場には行ったことがあるぞ」

「え～!?」

オスヴァルト様の言葉にリーナさんは驚いた顔をします。

「レオナルドは騎士時代に稽古をしに行ったはずだ。知ってのとおりデロン流は俺も陛下も嗜(たしな)んでいる。パルナコルタで有数の流派だからな」

「むぅ～、レオナルドさんはわかりました～。でも、ヒマリさんは騎士じゃないですよ～？」

「ヒマリはこの国にきたばかりのとき、デロン流の家元に助けられ世話になった。デロン流家元ジーン・デロンはあいつの恩人なんだ」

初耳でしたが、レオナルドさんもヒマリさんもデロン流槍術の道場を訪れたことがあるみたいです。

特にヒマリさんはフィリップさんの祖父であるジーンさんを恩人だと言っています。

どんな経緯があったのか、後で聞いてみたいですね……。

「え～！　じゃあ、また私だけ仲間はずれじゃないですか～!?」

頭を抱えながらリーナさんは口を尖らせます。

どうやら謁見の件もまだ気にしているみたいです。

「また仲間はずれって大げさじゃないか？　たまたまリーナだけが経験していない話が重なっただけだろ？」

「オスヴァルト殿下～、それを仲間はずれというのです～」

「はぁ、やれやれ」

泣きそうな顔で訴えるリーナさん。

オスヴァルト様はなんだか困ったような顔をしています。

「リーナさん、私も道場には行ったことがないですから、落ち着いてください」

「はっ！　そうですよね～！　フィリア様とお揃いでした～！　だったら大丈夫で～す！」

「まったく、調子が良いな」

突然リーナさんの機嫌が良くなった様子を見て、オスヴァルト様は静かに微笑みました。

天真爛漫なリーナさんはいつも場を明るくしてくれます。

「ですが、オスヴァルト様。最初の行き先は変更になったんですよね。どうしても行きたくなった場所があるとかで……」

「ああ、すまんな。新婚旅行はすべてフィリアの行きたい場所にしようと言ったのは俺なんだが」

そう……オスヴァルト様は急遽(きゅうきょ)、新婚旅行のルートに一つ目的地を加えたいと提案されました。

陛下と謁見したあの日にです。

ライハルト殿下と何やらお話をされていましたが、それと関係があるのでしょうか。

「私はむしろ嬉しいですよ。やはり二人の新婚旅行ですから。オスヴァルト様の希望があるのでしたら、是非ともお付き合いしたいです」

「ありがとう。そんなに時間は取らせないから安心してくれ」

「時間など気にしていません。……アルテットの森、でしたっけ？　王都から南西に少し行ったところにあるという」

アルテットの森は王都付近にあるので、魔物などの出現もなくお務めのコースからは外れています。

初めて行く場所ではあるのですが、オスヴァルト様がわざわざ行きたいと提案されたのは少し意外でした。

「なんで近くの森なんかを、と不思議に思っているんじゃないか？」

「えっ？　いえ、森なんかとは滅相もありません。不思議と言えば不思議ですが……」

オスヴァルト様が私の心の中を読んだような言葉を口にされたので、つい声が裏返ってしまいました。

——私、そんなにわかりやすい表情をしていたでしょうか？

「おっと、意地悪な言い方をしてしまったな。実は場所に特に理由なんてないんだよ」

「理由がないんですか？」

「……静かな森をなにも考えずに二人きりで歩きたくてさ。フィリアの時間が欲しかったんだ」

いつもどこか達観していて、オスヴァルト様の求めているものがわからないときがあります。

私は多くの書物を読み、多くの知識を得ました。

ですが、人間の心の内というものはわからないことだらけです。

「オスヴァルト様、わからないですが……嬉しいです。私もそれが欲しかったかもしれません」

「欲しかった？」

「はい。オスヴァルト様と二人きりでなにも考えずに歩く時間です。理由はわかりませんが、なんとなくそんな気がしました」

なににでも理由がある。

そうだと決めつけていました。

なにもかもわからなくてもいい。胸が熱くなれば、心が欲すれば、ただ考えずにその衝動に従ってもいい。

もちろん、理性的であるべき場面もありますが、人生でそんな時間があってもいいのだと私はオスヴァルト様に教わったのです。

「楽しみです」

「はは、それなら良かった。フィリアは優しいな」

いつの間にか重ねられた手の温かさ。

馬車に揺られながら、私たちはアルテットの森を目指しました。

◆

「それでは私たちは～、ここで待っていますね～」

アルテットの森についた私たちは二人きりで散歩に行きます。

まだ陽が昇って間もない時間帯。森の中は薄暗く、雉鳩の囀りが遠くから聞こえるくらいで静かなものでした。

「外はまだ寒いな。フィリアは大丈夫か？」

「あ、はい。こうして魔力を薄く纏えば常に適温に調節できますから」

お務めでは、色んな環境下に行かねばならないので聖女服では適応できないときがあります。

そんなとき、魔力を薄く全身に張り巡らせ、内側を適温に変化させる。この技術が重宝しました。

大気中のマナを吸収する必要のある光のローブよりもずっと簡単な技術なので、聖女なら誰でも習得しているはずです。

「ははは、さすがだな。そういえばフィリアがこちらに来たばかりのとき、リーナが夏用の服も冬用の服も区別していなかったと驚いていたが必要がなかったのか」

「ミアはそれでもおしゃれには気を使っていましたからね。それは私が衣服に無頓着なだけかと」

「なるほど。フィリアらしさの部分だったか」

「そう納得されると少し恥ずかしいです」

取り留めのない会話。ゆっくりした足取り。

なぜ、彼がこのような時間を欲したのかわかるような気がします。

すべてが心地よい。

——まるで二人で世界を独り占めしているような感覚。

案外、なんでもない日常が一番の宝物なのかもしれません。

「オスヴァルト様はよくここに来られたのですか？」

「ああ、昔はこのあたりに馬を走らせてよく来ていた。兄上とエリザベス殿も一緒だったときもある」

「エリザベスさんも？」

先代聖女であるエリザベスさんの名前が出て、つい聞き返してしまいました。

それにオスヴァルト様の昔の話、とても気になります。

「あのときはまだエリザベス殿も〝悪魔の種子〟に感染していなかった。だが身体は丈夫ではなかったから、兄上が森林浴が体調を整えると聞いてやたらと彼女をこの場所に誘っていたんだ。ここを兄上に教えてやったのは俺だったんだが、な」

「オスヴァルト様……」

そうですか。

ライハルト殿下はずっとエリザベスさんの身体を気遣っていて……。

彼の優しさに触れているオスヴァルト様の表情はどこか誇らしげでした。

「さっきはこの場所に来たのには特に理由などないと言ったが、考えてみればそれかもしれん」

「理由がライハルト殿下とエリザベスさんにあるということですか？」

思いついたような口調でこの場所を選んだ理由について語るオスヴァルト様。

昔話をして、なにかを感じ取ったみたいです。

「兄上とエリザベス殿が楽しそうにここを歩いている様子を見て、なんかこう。しっくりきたんだよ。すごくお似合いだと思ったんだ」

「…………」

「だから、さ。俺もフィリアとそうなりたいと願ったのかもしれない。二人で並んで歩くのが、こう。自然と言うか。……って、なんか俺はすっごく恥ずかしい話をしているな。すまん」

話しているうちに照れくさくなったのか、オスヴァルト様は私から視線をそらして頭をかきます。

二人で並んでいる。

それが自然でありたい。そんな理想を語る彼に私は——。

「素敵じゃないですか。私もオスヴァルト様と当たり前のように、こうしていたいです」

「フィリア？」

その大きな手を私は握りしめる。

絡められた指から伝わる血の流れ、そして温度から、繋がりを実感する。

私たちを見て、誰がどう思うのか、それはわかりません。

ですが、少なくとも私はオスヴァルト様の隣を自分だけのものにしたい。

私だけの彼であってほしい。

「私、またわがままになったかもしれません」

「んっ？　どうして、またそんな話を？」

「オスヴァルト様のせいです。オスヴァルト様がいる日常以外、もう考えられなくなりました」

木漏れ日が差す中で、私たちは黙って寄り添っていました。

ずっと、これから歳を重ねていっても、ずっと彼をこうして感じていたい。

やはり、私はまたわがままになったみたいです。

「おかえりなさいませ～。オスヴァルト殿下～、フィリア様～」

アルテットの森での散歩を終えた私たちは馬車へと戻ってきました。

馬車の前ではリーナさんが待ってくれていました。

「どうでしたか～？　森の散歩は～」

「はい。とても楽しかったですよ。良い思い出になりました」

「はは、フィリアがそう言ってくれるなら提案して良かった」

「それはなによりです～。ではでは、馬車にお乗りください～」

リーナさんは恭しく礼をして馬車の扉を開きます。

私たちは再び馬車に乗り込み、次の目的地を目指しました。

それは、この国に来てからというもの、いつかは行きたいと願っていた遺跡――シバルツ遺跡です。

「オスヴァルト様、そういえば遺跡を案内してくださる方がいらっしゃるのですよね？　どのような方なのですか？」

「うむ。王宮から王立学院に依頼して若手の有望な考古学研究者を手配してもらった。リック・リュケイルという青年だ」

「リック・リュケイルさん？　確か、一昨年でしたっけ？　考古学の画期的な論文で話題になっていた方ですよね」

「ほう。フィリアがこの国に来る前の話だと言うのに、知っているのか」

今回の新婚旅行で遺跡を回るにあたって、案内人が同行することになっています。

その案内人がリック・リュケイル。彼の名は知っています。

貴族の次男らしく、王立学院で考古学の論文が評価され他国に留学経験もあるほどの有望な人材だったはずです。

魔瘴（ましょう）火山地帯の爆発がいつから始まったのか、という考古学の研究もなさっていたのでその名前はよく覚えていました。

「リックとはシバルツ遺跡で合流する。非常に優秀だと聞いているし、案内人としては申し分ないだろう」

シバルツ遺跡はアレクトロン王国との国境沿いにある辺境の遺跡。

それから数時間後、馬車に揺られて私たちはその遺跡に到着しました。

◆

「ようやく着いたな。フィリア、足元に気をつけてくれ」

「ありがとうございます。オスヴァルト様」

オスヴァルト様の手をとり馬車を降りると、目の前には青々とした辺境の風景が広がっていました。

お務め以外でこちらを訪れたことがなかったので、新鮮な気分です。

「おおっ！　フィリア様とオスヴァルト殿下だ！」

「大聖女様が見られるなんて感激です！」

「聖女様！　殿下！　ご結婚おめでとうございます！」

周囲を見渡していると、どこから聞きつけたのか領民たちが集まってきました。

皆さん、笑顔で手を振り私たちを歓迎してくれています。

「ああ、ありがたい！」

「生きていて良かったわ！」

「まさか、聖女フィリア様とオスヴァルト殿下のご尊顔をこのような辺境の地で拝むことができるとは、感動です！」

天を仰ぐ者、手を合わせる者、様々で王都とはまた違った反応に驚きました。

聖女のお務めは人気の少ない魔物が出る山奥などで行うことが多いので、確かに辺境の領民と顔を合わせることは稀(まれ)かもしれません。

「あ、あのオスヴァルト様……」

「フィリアに会えて喜んでいるんだ。応えてやってくれ」

「は、はい！」

戸惑っている私にオスヴァルト様が小声で助言してくださり、手を振ってみます。

こういった経験は初めてなのですが、王子の妻として、聖女として、必要なことのはず。

隣ではオスヴァルト様が慣れた様子で笑顔で手を振っています。

「うおおおおっ！」

「フィリア様！　なんとお美しい！」

「オスヴァルト殿下、万歳！　フィリア様、万歳！」

思った以上に大きな歓声にビリビリと空気が揺れるような感覚になります。

皆さんから認めてもらっている。それが嬉しい。

素直にその熱量を私は受け入れました。

「ちょっと失礼しますよー。ええ、ええ、すみませんね」

そんな領民たちの間をかき分けて、白衣を身に着けた黒髪の青年がこちらにやってきました。

黒曜石のような瞳はどこか眠たげで、ふらつきながら歩く様子から危なっかしいような印象を受けます。

「えぇーっと、オスヴァルト殿下とフィリア様ですね。私が本日よりですね、えー、お二人の案内人を務めさせていただく、リック・リュケイルでございます。はい」

どこか緊張しているのか、ぎこちなく頭を下げて挨拶をする彼がリックさん。

「うむ。リック殿、話は聞いている。今日からよろしく頼む」

「よろしくお願いします」

オスヴァルト様の挨拶に続き私もリックさんに挨拶しました。

しかし、リックさんはまだ頭を下げ続けています。

「リック殿、どうした？　頭を上げてくれ」

「あー、はい！　し、失礼いたしました。えーとですね。歴史的に王族の方に頭を下げる平均時間はおよそ四十七秒という研究報告がありましてですね。えー、心の中で四十秒しか数えられてなかったものですから。はい、す、すみません」

「う、うむ。そうなのか。なるほど……」

珍しくオスヴァルト様がほんの少し反応に困っていました。

どうやらこちらのリックさん、少し変わっている方みたいです。

「今日から遺跡を散策できるので、楽しみだったんですよ。こちらのシバルツ遺跡では、どのようなものが見られるのでしょう？」

「あー、はい。フィリア様、それはですねー。えー、こちらの資料にまとめております。どうぞ、ご覧になりながら付いていらしてください」

「は、はい。この資料ですね」

無造作に束ねられた書類を、リックさんは手渡します。

なるほど。要点がよくまとめられていますね。

確かに書類を見ながら回ったほうがわかりやすそうです。

「では、こちらです。ご足労願います、はい」

フラフラとよろけながらリックさんは、私とオスヴァルト様をすぐ近くにあるというシバルツ遺跡まで案内し始めました。

最初の遺跡ではどのような発見があるのでしょうか……。

「ご覧のとおり、遺跡はですね。えー、王宮の命により、徹底的に管理されております」

「石壁でぐるりと取り囲むとは、かなり厳重ですね。ジルトニアではここまでされていませんでした」

「パルナコルタでは、歴史的な発見が数多くされていますから。ええーっと、それと先々代の国王陛下が考古学の研究をしていたのも影響しております。はい」

城壁にも似た石造りの壁に囲まれている遺跡を見て、私は少なからず驚きました。

レオナルドさんたちは同行できず、限られた人たちしか入れないという話は聞いていたのですが、まさか外から中が見えないとは……。

「えー、それでは鍵は既に貸していただいていますので、はい。さっそく開けて中に入りましょう」

リックさんは分厚い金属の扉の鍵を開けて、遺跡の中に入るように促します。

「なんだか申し訳ないことをしている気分になりますね」

「ははは、気にするな。フィリアが遺跡を散策して、文句を言う者は誰もおるまい」

これだけ厳重なので、尻込みしていたのですが、オスヴァルト様は大丈夫だと力強い言葉をかけてくれます。

わかっています。せっかくの貴重な経験なんです。

遠慮しても仕方ないですし、しっかりと堪能しましょう。

「これはまた、扉を潜っただけで空間の雰囲気がまるで違いますね」

「は、はい！　えー、そうなんです。それにすぐに気付くとはさすがフィリア様です。ええ、ええ」

壁に囲まれているこの空間は、空気の匂いから違いました。

時が止まっている。そんな感覚です。

聞けば、発掘などの作業でも限られた人員しか立ち入りが許されていないとか。

そのような環境に長年あるからなのか、ダルバートの聖地とはまた違った神秘的な気配がします。

「お、オスヴァルト殿下はご存じだと思いますが、えー、こちらのシバルツ遺跡はですねぇ。南側に位置するアレクトロン王国と、はい。深くつながっておりまして」

「そうなんですか？　それは初耳です」

予習はそれなりにしてきたつもりでしたが、いきなり知らないお話が出てきて私は思わず聞き返してしまいました。

これはさっそく貴重なお話が聞けそうです。

「ええ、博識なフィリア様もご存じないのは無理からぬことです。えーっとですね、アレクトロン王家は創造の女神をクラムー教とは別に信仰しているのはご存じですよね？」

「……あ、はい。芸術が盛んなのはその影響とか」

「仰るとおりです。非公式ながら、このシバルツ遺跡は女神生誕の聖地とされているんですな。えー、ごくごく限られた文献にしか記載されていないので、アレクトロンの国民すらほとんど知り得ないのですが。はい」

歩きながら、アレクトロン王家が信仰する創造の女神と遺跡の関係を私たちは聞きます。

ここがその女神の生まれた土地とされている文献があるとは、まったく知りませんでした。

「えー、女神生誕の地という根拠となる石碑がこちらです。古代語の解読がようやく最近進んで、かなり信憑性が持てる定説になりそうですな。はい」

リックさんに連れられてきたのは、遺跡内でも一際目立つ大きな石碑の前です。

劣化していて、読みにくさはありますが古代語でなにか記されています――。

「あっ！　このあたりに創造の女神に関する記述がありますね」

「――っ!?　ええーっと、もう解読されたのですか？　す、すごいですね。ええ、ええ、フィリア様の仰るとおりです。はい」

眠たげだった目を見開いて、リックさんは私のほうを見ます。

どうやら正解だったみたいです。

それにしても、管理を徹底しているというのは本当ですね。

これほどまで、美しく遺っている古代の遺跡は国外にはないかもしれません。

「いやはや、さすがとしか言えません。えー、我々研究者でもこれほど早く古代語を読める者はおりませんです。はい」

「以前、神様についても色々と調べましたから」

神についてはダルバートの図書館で古代文字の本を沢山読んだから何となく解読できました。

さすがに不明瞭な部分については、読めないところが多かったので、すべてというわけにはいきませんでしたが……。

「あのときはずっと図書館にこもっていたもんな。ヘンリー殿の遺書のすり替えを見抜くためにさ」

「はい。あの経験がなかったらさすがに時間がかかったと思います」

オスヴァルト様と、ダルバートでの騒動を思い出します。

そのときに調べて知った話ですが、創造の女神は最も強い力を持つ神様だったみたいです。

あのとき対峙したハーデス以上となると、もはや想像もできませんが、それほどの力を持つ神様がこの地にいたと考えると畏怖の気持ちが膨らみます。

「フィリア様のご指摘のとおり、ええーっと、こちらの部分の解読が済みまして。はい。ここに創造の女神が棲まう、と記されておりました。ええ、ええ」

「なるほど。それじゃ、本当に居たのか」

「えー、はい。少なくとも古代人の間ではそう深く信じられていたという裏付けにはなりますな。オスヴァルト殿下」

腕組みをしているオスヴァルト様の言葉をリックさんは肯定します。

事実ではなくまだ仮説の段階だという点を強調するのは、研究者である彼らしいと言えるでしょう。

「となると、あれか。この研究がアレクトロン王室に知られると――」

「ますます強く、この地を聖地として信仰するでしょうな。はい。えーっと、今でも十分すぎますが、ええ」

アレクトロン王室はこの遺跡を聖地に定めています。

確か、女神を信仰されているのは、創造の女神が創られた最初の人間がアレクトロン王族だと信じられているからでしたっけ。

クラムー教が作られたのは神々のいる天界と魔界が地上と切り離されたあとの時代なので、それよりも前から王国の中で信じられていたみたいなんですよね。

「なるほど、な。解釈が新たになると、うーん」

「オスヴァルト様、なにか気になることでもあるのですか?」

なにかを考えているような声を出されたオスヴァルト様。

私は気になってしまい、その理由を尋ねます。

「んっ? ああ。アレクトロンの王族は四年に一度、このシバルツ遺跡をお忍びで訪れるからこっちも色々と外交的にかかわっているんだよ」

「ああ、そういうことでしたか」

「そして今年の夏もその四年目に当たる」

「えっ? そ、そうなんですか?」

確かに内緒で巡礼するとはいえ、ここがパルナコルタの管理下にある遺跡である以上はこちらの王室に許可をもらうのが常識でしょう。

しかし、それが数ヶ月後に迫っていたとは驚きです。

「四年前は兄上が対応したのだが、今年は俺が対応するように言ってきてな」

「ライハルト殿下が……?」

「兄上が自分に万が一のことが起こったときのために俺に遺書を渡してきたが、王族としての自覚を持たせるために、色々と経験させたいそうだ」

結婚式の前にそんなやり取りがあったとは聞いています。

オスヴァルト様もいきなり遺書を手渡されて驚いたとのことです。

しかしながら、国を想うライハルト殿下の気持ちを汲んでそれを受け取ったらしいのです。

「でしたら、私も手伝いますよ。一緒に頑張りましょう」

「フィリア……、あなたが手を貸してくれたら百人力なんだろうな。だが、これは俺一人でさせてくれないか？　兄上は俺に頼むと言ったんだ。だったら、その気持ちに応えたいだろ？」

その琥珀色の瞳は力強い輝きを孕んでいました。

優しさと厳しさが同居する光を見て、私はオスヴァルト様の決意を感じ取ります。

「わかりました。ですが、どうしても困ったことがあったら遠慮せずに仰ってください」

「ああ、ピンチになったら頼む。ありがとう」

快く返事をしてくださったオスヴァルト様ですが、なんとなくわかりました。

きっと、彼は一人で意地でもやり遂げるだろう、と。

私も意地っ張りなので、理解できるのです。

譲れないものがある人間の意思の力を……。

「オスヴァルト殿下、フィリア様。ええーっと、そろそろ先に進みましょう。はい。恐縮ですが、時間が押すと、すべてを回りきれません」

「おお、そうだったな。リック殿、次の案内を頼む」

「あ、はい。すみません」

遠慮がちに挙手をしたリックさんの声に従って私たちは遺跡の中を回ります。

「えー、シバルツ遺跡は女神生誕の地として有名ですが、発掘現場としても近年その名を轟かせています」

「神具も発掘されましたよね」

「さすがはフィリア様。よくご存じですね。はい」

神々の遺産とされる神具……私は聖地で〝神隷の杖〟しか見たことありません。

あれはハーデスの動きを封じるほどの力を持っていました。

神具には人間の能力を遥かに超える力を持つものが多く、どこの国でも国宝として扱われています。

「この遺跡の中には宝物庫もあるからな。そこは特に厳重に管理され、宝物庫での窃盗は問答無用で死罪となる」

「中に入れる人間もそれこそ限られているんですよね。一部の研究者のみ監視付きで入ることを許されているという話は聞きました」

「ああ、監視もパルナコルタ騎士団の中から特に優秀で信用のおける者をつけて守らせているんだ」

国宝、もしくはそれに準ずるほど貴重な発掘品なので厳重に取り扱うのは当然です。

宝物庫も見せてもらう予定ですが、私はもちろん、オスヴァルト様ですら陛下の許可が必要でした。

王子ですら無許可での立ち入りは認められていないのです。

「オスヴァルト様、陛下にお願いしてくださりありがとうございます」

「なに、気にするな。それくらいなんでもないさ。あとでリック殿に案内してもらおう」

微笑んだオスヴァルト様は楽しそうに返事をします。

心が軽くなるような笑顔。彼の温かさには人を安心させる力があります。

「えー、私もですね。ええーっと、宝物庫に入らせていただくのは三度目です。はい。研究以外で入るのは、えー、当然初めてでございます。ですが、とりあえずは発掘現場から参りましょう」

リックさんの案内により、私たちはまず、発掘調査をしていたという場所に案内されます。

発掘するにも限られた人数しか出入りが許されなかったらしく、かなりの年数がかかったそうです。

とにかく現場の保存が最優先。進捗の速度については二の次だったとか。

それだけ先々代の国王陛下は考古学に心血を注いでおり、陛下もそれに倣っているのです。

そのおかげなのか、古代人が作ったとされる石畳や柱がきれいに遺っていて、この場所もまた時代が切り取られているような不思議な空間になっていました。

「ここでは、えー、国宝に指定されている〝賢者の黄金〟が発掘されました。はい」

「〝賢者の黄金〟がこちらで？　そうでしたか」

パルナコルタで国宝に指定されている〝賢者の黄金〟は、砂糖一粒ほどの大きさですが毎日純金が生み出される摩訶不思議な壺です。

なぜ黄金が生み出され続けているのかは謎であり、神具の一つとされています。

「もう少し近付いてもいいですか？」

「えー、はい。どうぞフィリア様、ご覧になってください。足元にはくれぐれも注意してください、はい」

好奇心が抑えられず、リックさんに許可を取り発掘現場に近付いてみました。

底が見えないくらい深く掘られている穴に近付き覗き込みます。

そうですね。リックさんの言うとおり、足を滑らせでもして落ちようものなら、怪我をしてしまうでしょう。

「〝賢者の黄金〟の発掘現場、か。見つかったときは大騒ぎになったもんだ。現場を指揮していた王立学院の研究者は爵位を持たぬ貴族の長男だったのだが、男爵の位を与えられてな」

「オルフメイル男爵ですね」

「さすがに知っていたか。リック殿は、そのオルフメイル男爵の教え子の一人なんだ」

「え、えー、恐縮です。はい」

恥ずかしそうに頭を下げるリックさん。

オルフメイル男爵といえば私もジルトニアにいたときから知っていましたし、何冊か著書も読んだことがあります。

爵位を与えられたという話だけでも、彼の功績の素晴らしさと、この国での考古学の重要性がわかりますね……。

「まぁオルフメイル先生も引退されていますし、えー、予算がないのでここ半年くらい発掘は止まって――」

「えっ？」

「あ、いや。ええーっと、なんでもございません。はい」

一瞬、どこか遠い目をしていたリックさんは、私の声を聞いて慌てたような顔をしました。

今、予算の関係で発掘が止まっていると言ったように聞こえましたが……。

「す、すみません。ええーっと、軽率な言動、慎みます、はい」

「……まさか、私をこの国に招くために発掘の予算も削られたということですか？」

「いえ、とんでもございません！　えー、フィリア様がいなければ、遺跡どころか、国の存続すら危うかったのです！　それとこれとは……！　はい！」

「そうですか……」

頭を横に振りながら否定するリックさんですが、無関係なはずありません。

ジルトニアには国家予算並みの金品や資源を渡したと聞いています。

そのせいで発掘の予算が削られたのはまず間違いないでしょう。

「フィリア、聖女を買い取るという決断は俺たちが下したのだ。なにを措いてもあなたが必要だった。そして、あなたは国民の期待を遥かに上回る功績を残している。なにも気にするな」

しかしながら、パルナコルタ王国の状況も最悪でした。

エリザベスさんが亡くなり、騎士団の方々が奮闘していたと聞いていますが、聖女がいないという状況は国の行く末そのものに関係していたでしょう。

オスヴァルト様ですら最後は隣国から聖女を買い取るという話を受け入れたのですから、それだけの危機だったのです。

「……オスヴァルト様、大丈夫ですよ。私は自分を責める気はありません。ですが、別のことが気になります」

「んっ？　なにが気になるんだ？」

とはいえ、会話の中で私は別のことが気になっていました。

一体、そのような状況でどうしてこのような現象が起きているのか。

そして、私の推測どおりならば放ってはおけません――。

「オスヴァルト様、あそこを見てください。人の足跡です」

「えっ？……ふーむ、言われてみると確かに人間の足跡に見えるな」

「三日前には雨も降っていましたし、少なくとも二日以内にできた新しいものかと」

指差したほうを注意深く見つめるオスヴァルト様は、私の指摘にうなずきます。

そう。リックさんは半年以上、発掘作業が行われていないと言っていました。

ならば何故(なぜ)、この場所に足跡があるのでしょう。

ここは許可なく立ち入ることは禁止されているというのに。

「……まさか、そんな。えー、はい。どうして足跡がこんなところに……」

リックさんも信じられないような顔をして、足跡を眺めています。

「リック殿、発掘以外でこの場所に研究員が入るなどということはないのか?」

「いえ、それはないです。えー、発掘が一段落してからこの場を訪れたのは殿下たちが初めてのはずですから。はい」

やはりこの足跡は侵入者のものみたいですね。

つまり、招かれざる客。しかし、その目的は一体……。

「なぁ、フィリア。どうする? これは続きを見て回る場合じゃなさそうだぞ」

「はい。オスヴァルト様の仰るとおりです。さしあたっては――」

「ああ! ここに入られたということは宝物庫! えー! 宝物庫が危ないです!!」

眠たげだった目を見開いたリックさんは焦ったような表情をして、走りだしました。

どうやら宝物庫の中の貴重品が心配みたいです。

「フィリア、追うか?」

「そう、ですね。もし侵入者がまだ遺跡内にいるとすれば複数でしょうから、リックさんに危険が及ぶかもしれません」

「複数？　ああ、なるほど。足跡の種類か！」

「はい」

私はオスヴァルト様の問いかけにうなずきます。

そもそも、ここは厳重に警備もされていますので単独で侵入するのは中々骨が折れるでしょう。

それに複数だとしても侵入は簡単ではありませんので、武器を所持している可能性もあります。

ですから、もしもリックさんが侵入者と遭遇してしまうと危険なのです。

「立ち止まってすみません。急ぎましょう」

「ああ、走れば追いつけるだろう」

私たちは小さくなったリックさんの背中を追いかけました。

宝物庫には確かに貴重品は多いですが、果たして侵入者の目的は本当にそうなのでしょうか……。


「リック殿、鍵は持っているのか？」

「はぁ、はぁ……、えー、はい。陛下の許可をいただき、二つある鍵の一つを所持しています。あと一つは宝物庫の隣に駐在している騎士様がお持ちです。はい」

息を切らせながらリックさんは鍵を管理しているという騎士のもとへと向かいます。

オスヴァルト様と私も彼のあとに続きました。

「………」

「フィリア、どうした？　さっきから黙っているが……」

「あ、すみません。侵入者の目的を考えていただけです」

いけませんね。つい、気になって集中力を欠いてしまいました。

宝物庫にはそれこそ売れば一生遊んで暮らせるくらいのお金を得られる貴重品もあります。

ですが、どうもそれが目的である可能性は高くないように思えるのです。

「ふーむ。目的は宝物庫ではない、と」

「そうは言い切れませんが、とにかく確認しましょう。ですが、犯人の目的が宝物庫の鍵を開けさせることかもしれません」

「なるほど。確かに鍵は簡単に手に入らないからな。足跡は陽動というわけか」

「仰るとおりです。とにかく、付近の警戒は怠らないようにしますね」

私は魔力を集中させて天を仰ぎました。

聖女は魔物を寄せ付けぬ結界を作れますが、その対象を魔物以外に広げることも可能です。

「えー、オスヴァルト殿下、フィリア様、鍵を持ってきました。ええーっ？　ひ、光の壁が突然現れて——」

「この光の防壁なら簡単に侵入を許さないかと」

私は魔物だけでなく、すべてを弾く光の壁を宝物庫を覆うようにドーム状に展開しました。

これならば、再び施錠するまで安心して中を確認できるはずです。

「さすがだな。フィリアはいつも冷静で助かる」

「いえ、我ながら用心がすぎると思ったのですが、性分ですから」

「と、とにかく、えー、中を確認しましょう。はい」

慌てた様子でリックさんが鍵を開け、私たちは中に入ります。

薄暗くて、僅かに埃の臭いがします。

良かった。さすがに人の気配はないみたいですね。

「えー、まずは〝賢者の黄金〟から――」

この宝物庫の中で最も価値のある〝賢者の黄金〟。

その無事を最初に確認するのは自然な流れです。

「どうだ？　やはり宝物庫は荒らされていると思うか？」

「おそらく大丈夫だと思います。鍵を開ける以外の方法で入ったのでしたら、その形跡は残るはず。

今のところそれは見つかりません」

「ありました！　えー、〝賢者の黄金〟、無事です！　他のものも、えー、一通り確認します！　はい」

明るい声でリックさんは私たちに国宝が無事だったと伝えます。

その点については良かったです。しかし、それならそれで謎が残ります。

「やはり、陽動だったがフィリアの機転でそれを回避したと見るのが正解か」

「いいえ、可能性の一つとして警戒しましたが、実はその可能性は低いです」

「んっ？　そうなのか？　俺はあり得ると思ったが」

意外そうな顔をされるオスヴァルト様。

警戒して結界を張ったのは確かですが、鍵を開けさせるのが目的ならば少し変なのです。

「もしも、陽動ならばもっと目立つように足跡を残しませんか？　あれでは、気が付かない可能性もあります」

「そういえば、そうだな。侵入者の存在を知らせるならば嫌というほど形跡を残すか」

「ええ、ですからわからないのです。侵入者の目的が」

ずっとそれが引っかかっています。

なにか見落としをしているような、そんな感じです。

「そもそも宝物庫が目的ならば発掘現場に近付かないか。……つまり発掘現場にあるなにかを狙っての侵入？」

「そうですね。私もそう思いました。あの、リックさん」

「えー、フィリア様。はい、なにかご用でしょうか？」

ここになにも被害がなかった以上は、あの発掘現場になにかあるはずです。

少なくとも、あの場所に無許可で立ち入った者たちが複数いるのですから。

「もう一度、発掘現場に戻りませんか？　あそこを調べてみたいんです」

「えー、はい。そうですね。私もそう思ったところです。それでは、騎士様に鍵を返却してきますので、その後に向かいましょう」

リックさんも宝物庫が無事だったからなのか、冷静さを取り戻したようです。

国宝やそれに次ぐほどの貴重品が盗まれれば国家的な損失になるところなので、無事で安心したのでしょう。

私たちはもう一度、足跡があった場所に戻りました。

「なにか怪しいところはあるか？」

「えー、発掘も終わっておりますし。なにか特別なものがありましたら、すぐにこちらか王宮の宝物庫に保管しますので、はい。なんとも」

「うーん。リック殿がそう言うのなら、狙いは発掘された貴重品ではないのかもしれんな」

ここにあるのは大きな穴と古い建造物の跡と思しき柱と石畳のみ。

柱と石畳は年月が経っていますから、破損等が目立ちます。

それ以外には特に、おかしな点はありません。

しかし、目的もなく、こちらに足を踏み入れるはずがありません。

ここに誰かが侵入した形跡があるならば、それにはなにか理由があるはず。

しかし、リックさん曰くこの場所には貴重なものなどはないらしいのです。

それにしても、この柱の破損はどこかで――。

「…………」

「フィリア？　どうしたんだ。柱なんか見つめて」

「いえ、どこか見覚えのある傷でしたので」

「んっ？　この柱の窪んだ跡が、か？」

オスヴァルト様は不思議がってともに柱の傷跡を見てくれます。

そんなに昔の話ではない。ごく最近、私はこのような跡を見ているはずです。

内側から破裂して削られたような放射状の痕跡。

そして、まったく規則性のない窪みの大きさと間隔。

まるで魔力が暴発し――。

「あっ！　わかりました！　〝魔瘴火山地帯〟です！　あそこの岩にこのような跡がたくさんありました！」

「〝魔瘴火山地帯〟だと!?　では、ここでも似たような爆発があったとでも言うのか？　いや、聞いたことがないな。そんなこと……」

驚きつつも、オスヴァルト様は類似する爆発の事例を知らないと仰せになります。

私も同様です。おそらく爆発があったのは、ごくごく短い期間で推測するに頻度も〝魔瘴火山地帯〟ほどではなかったのでしょう。

「リックさん、古代にこの場所で爆発があったという記録はありますか？」

「えー、はい。驚きました。まさに、私もその。えー、その研究をしていましたから。はい」

「では、本当にここで……」

「ええ、はい。予算の都合で研究は止まっていますが、稀に謎の爆発があり住民の方々が困っていたみたいです。えー、はい」

私の言葉を肯定するリックさん。

だとすると、今ここでそのような爆発が起きないのは……なんらかの手段を用いたからと考えるのが妥当ですね。

「では、その爆発を古代人が止めたという証拠と手段さえわかれば」

「ふむ。〝魔瘴火山地帯〟の爆発を止めるヒントになるかもしれんということだな」

「はい！　今回の旅行の目的は〝魔瘴火山地帯〟の爆発を止めるための手段を考えることでもありましたので、これはとても興味深い内容です」

ここでの研究が進めばなにかわかるかもしれません。

「えー、お言葉ですがフィリア様。侵入者とそれは関係がありそうですか？」

「関係はどうなんでしょう？　わかりません」

「ですよね。えー、私としては侵入者を捕まえたいのです。はい。この貴重な遺跡を荒らそうとするなんて、えー、許せませんから」

語気を強めてリックさんは侵入者への怒りをあらわにします。

彼の気持ちはよくわかりますが、そもそもこれといった被害がないのです。

捕まえるにしろ、まずは侵入者の目的を探るのが先決でしょう。

「まぁ、ここで言っても仕方がない。一度馬車に戻ろう」

「そうですね。このことはライハルト殿下にも伝えるべきでしょうし」

「ああ、勝手に行動すると兄上に叱られてしまうからな」

オスヴァルト様は私の言葉にうなずき、馬車へと歩き出しました。

爆発と侵入者。果たして、この二つは本当に無関係なのでしょうか……。


「それでは、えー、私は後で近くの研究者たちに調査を頼んできます」

「あれ～？　なにかあったんですか～？　オスヴァルト殿下～、フィリア様～」

馬車についいた私たちの会話を聞いてリーナさんたちが不思議そうな顔をしました。

彼女たちにも事情を説明したほうが良さそうですね。

「実はな、遺跡内に侵入者がいたらしくて――」

オスヴァルト様も同じように考えたのか、事の顚末をリーナさんたちに話します。

宝物庫が無事だったのは良かったですが、目的がわからないのはなんとも不気味です。

「——そうだったんですね～。盗まれたものがないのでしたら、遺跡マニアさんかもしれませんよ～」

話を聞き終えたリーナさんが開口一番にそう言います。

確かに、私も遺跡を見たいとずっと思っていましたし、見るだけでも十分に価値があると言えますね……。

「殿下、フィリア様、リーナの当てずっぽうも一理あるかと存じます。一般には公開されていない遺跡。見るなと禁止されると、見たくなるのが人の性。衝動に負けてしまったという可能性はあるでしょうな」

レオナルドさんもリーナさんの意見に同意しました。

衝動的にそんな行動に出たという考え、盗まれたものがないのですから、あり得る話です。

「そ、そんな！　それはあり得ませんよ。えー、ここは警備もちゃんとしていますし、衝動的に一般人がフラッと立ち入るなどできませんです。はい」

「まぁ、騎士団の者も巡回しているしな」

「消し忘れこそありましたが、見つけた箇所以外は足跡も消していたので、少なくとも計画的ではあると思います」

しかし、立入禁止ならそれに相応しい警備もしてあるのが常でしょう。

宝物庫を有するこの遺跡に無断で入るためには入念な準備が必要となります。

観光気分で入ったという可能性はもちろん捨てきれませんが、限りなくゼロに近いです。

「盗みは死罪だが、無断で入るだけでも捕まればそれなりに厳しい処罰が下されるからな。単独ならともかく複数でそんなリスクを背負えるか？」

「殿下の仰るです。えー、はい。それに、この中に誰にも気付かれずに人が入り込むというだけでも難しいのです。はい」

オスヴァルト様の言葉にリックさんは首を縦に振ります。

つまり侵入者はなにかしらの特殊な技能がある人間というわけですね。

「ヒマリさんなら～、誰にも気付かれずに中に入れそうですけどね～」

「ふむ。忍びの術を以てすれば気配を悟られずに侵入するのは容易い。気配を絶つ術を覚えるのは忍びの基本中の基本でもある」

かなりの期間、私に気付かれずに護衛をしていたヒマリさん。

彼女ならば遺跡に侵入しても、誰にも気付かれないでしょう。

「てことは～、犯人は忍者さんでしょうか～？」

「おいおい、それはさすがに安直すぎるだろ。この国には忍者はヒマリくらいしかいないんだ」

「わかってますよ～。でもでも、パルナコルタの人とは限らないじゃないですか～。ヒマリさんの故郷には忍者がいますし～」

「ムラサメ王国から忍者が遺跡に？　あの国は大陸中の国と国交を断絶しているんだぞ」

オスヴァルト様の仰るとおり、ムラサメ王国の忍者がわざわざパルナコルタにきたというのは考え難い（にく）です。

亡命されたヒマリさんが珍しい存在で、ムラサメ王国が大陸に干渉をするなどほとんどありませんから。

「忍者でなくても訓練を積んだ人間なら気付かれずに侵入くらいできるはずです」

魔法を使えば私も侵入できますし、身体能力の高い人間ならば壁を乗り越えるくらいは可能です。ですから、侵入者は忍者というよりも、忍者並の芸当ができる人間と考えるのが妥当でしょうか。

それだけでも、かなり限定されるはずです。

「フィリアの言うとおりだな。とりあえず、魔道具で兄上と連絡を取ろう。俺から見ても、不可解で気持ちが悪い事件だ。王宮から調査団を派遣するようにしなくては」

「そうですね。ライハルト殿下に繋いでみます」

オスヴァルト様の指示により、私はライハルト殿下と会話をしようと普段から持ち歩いているブレスレットを模した魔道具を取り出します。

ブレスレットに埋め込まれている石を三回指で叩（たた）いて二度撫（な）でると、石は淡く発光して、起動しました。

ライハルト殿下がこちらの魔道具の起動に気付き、石を二度撫でると埋め込んである石が強く発光して、繋がる仕組みです。

『フィリアさん、オスヴァルト。驚きましたよ。まさか初日にこの魔道具が使われるとは想定していませんでしたから。なにがあったのですか？』

ライハルト殿下の声が聞こえてきました。

どうやら上手く繋がったみたいです。

「すまない、兄上。今、シバルツ遺跡にいるのだが、フィリアが遺跡の中で足跡を見つけてな――」

オスヴァルト様はライハルト殿下に事の経緯を伝えます。

ライハルト殿下はそれを黙って聞いており、時折相槌を打っていました。

そして、宝物庫が無事だったことも含めて伝え終わると――。

『話は大体把握した。確かにオスヴァルト、お前の言うとおり不可解極まりない話だ。よろしい……私のほうから調査団を作り至急向かわせよう』

「ああ、頼んだぞ」

『わかっていると思うが、不可解であるだけで二人の新婚旅行に支障をきたす話ではない。あとの対応は私に任せて旅行を続けるといい』

ライハルト殿下は私たちを気遣う言葉をかけてくださいました。

そうですね。殿下の仰るとおり、私たちに危険が及ぶというわけでもありませんし、ライハルト殿下に任せるべき事案なのでしょう。

『フィリアさんも構いませんね？　あなたの性格上気になるとは思いますが……』

「はい。せっかくの旅行ですから、このまま続けさせていただきます。お気遣いありがとうございます」

『……そうですか。それを聞いて安心しました。それでは、調査団派遣の準備をしますので私はこれで失礼しますね』

その言葉と共にライハルト殿下との通信は切れました。

これでこちらの調査はきっちりとしてもらえるでしょう。

「す、すごいですね。えー、その魔道具は……。王都のライハルト殿下との会話を可能にするとは、はい。フィリア様は魔道具作りまで一流なのですね。えー」

驚いたような顔をしてリックさんは私のブレスレットを見つめます。

一般的に売られている魔道具と比べて物珍しさがあるかもしれませんね。

照明や保温など生活する上で必要性がある物が優先的に量産されていますし……。

この魔道具はかなり繊細なので大量生産には向かないんですよね。

「えー、それではオスヴァルト殿下とフィリア様はこのまま旅行を続けられるということで、よろしいのですね。はい」

「うむ。このあとは予定どおりデロン流道場に向かう予定だ」

そうです。この日の最終目的地は騎士団長であるフィリップさんのお祖父様が営んでいるデロン流道場。

日も落ちてくるでしょうし、今夜はそちらに宿泊します。

「えー、承知いたしました。でしたら、そのう。私のほうはひと足早くお次にお二人が訪問される予定のアマルゴア遺跡に行って案内の準備をして参ります。はい」

「おう、それじゃあアマルゴア遺跡で合流しよう。今日は色々とご苦労だったな」

「もったいないお言葉です。はい。それでは、えー、失礼いたします」

丁寧にお辞儀をしていったリックさんとは少しのお別れです。

色々とありましたが、彼のおかげで非常に有意義な時間を楽しめました。

紛れもなく、優秀な考古学者です。

きっとこれから素晴らしい発見をいくつもされるでしょう。

「じゃあ、俺たちも道場に向かうとするか。あまり遅くなると先生に悪いからな」

「ええ、そうしましょう」

私たちは本日最後の目的地であるデロン流槍術の道場へと向かいます。

幼いときからオスヴァルト様が通っていたという槍術の道場。

一体どのようなところなのか楽しみです。

◇（ライハルト視点へ）

「フィリアさんも構いませんね？　あなたの性格上気になるとは思いますが……」

『はい。せっかくの旅行ですから、このまま続けさせていただきます。お気遣いありがとうございます』

「……そうですか。それを聞いて安心しました。それでは、調査団派遣の準備をしますので私はこれで失礼しますね」

私はブレスレットの宝石を撫でて、通信を切る。

しかしまた思わぬことが起きましたね……。

不幸中の幸いなのが、今回は危険が二人に及ばないことか。

「さて、準備を始めるとしよう」

聖女であるフィリアさんがこの国に来て以来、私たちは知らず知らずのうちに彼女に頼りすぎていた。

もちろん、彼女の献身は尊いものであるし、その働きぶりには感謝してもしきれない。

「良かった。本当に……、フィリアさんが自分の幸せのために歩んでくれて」

それはオスヴァルトの手柄だろう。

私がエリザベスにしてやりたかったことを、あの男はしてみせてくれた。

だからこそ、新婚旅行くらいは何事もなく終わってほしかったのだが……。


「――考古学に長けるものを五名、騎士団から二十名ほど派遣する」

「はっ！　ただちに手配してまいります！」

騎士団長のフィリップ・デロンは私の指示を聞いて威勢の良い返事をする。

今ごろ、二人はこの男の祖父の道場に向かっているのだろうか。

「私が向かわなくてもよろしいのでしょうか!?」

「いや、騎士団長である君が向かうほどの事案ではない」

「左様でございますか！　承知いたしました！」

「だが、それはあくまでも現時点での話。もしも調査団の手に余るようであれば、そのときは君にも動いてもらうつもりだ」

どうも私は悲観的に物事を考えがちになっているな。

どう考えてもそれほどの深刻な話になるとは思えないのだが。

まぁ、用心に用心を重ねておいて損はしないだろう。

オスヴァルトはよく「なにも起きなかったら結構ではないか」などと生意気な言葉を吐いていた。

私も今回はあの男に倣うとしよう。

「かしこまりました！　それでは至急、調査団を結成して現場に向かわせます！」

歯切れのよい返事をしたフィリップはきれいに敬礼すると、私の執務室から出ていった。

もう外はすっかりと暗くなってしまったな……。

「ライハルト殿下、ボルメルン王国より客人として来られています聖女グレイス様とその執事のアーノルド殿が挨拶に来られました」

「グレイスさんが？　通しなさい」

話はオスヴァルトから聞いていた。

あのグレイスさんがフィリアさんの代わりを務めようと、パルナコルタに来ていると。

そういう無茶なところはエリザベスと少しだけ似ているかもしれない。

「失礼いたしますわ、ライハルト殿下。この度は王宮にお招きいただき、ありがとうございます」

扉が開かれると、グレイスさんと執事のアーノルド殿が入ってきた。

さすがはマーティラス家のご令嬢。礼節に則った完璧な立ち振る舞いで、挨拶をする。

「いえ、我が国のためにわざわざご足労いただいたのです。無下に扱うわけにはいきません」

「そんなことありませんの。わたくしが勝手に押しかけたのです。殿下に却って気を遣わせてしまい、申し訳ございません。それにもかかわらず、こうしてお招きいただき恐縮でございます」

「あはは、今日はバタバタと雑務に追われてしまいましたが、明日ならば時間が取れます。良ければ一緒にお茶でも、いかがですか？」

せっかく来てくれたのだ。

私もグレイスさんをこのまま放置して帰すわけにはいかない。

調査団についてはフィリップに任せているし、明日ならば時間も取れよう。

「是非ともご一緒させてくださいまし。姉たちにも、良い土産話ができますわ」

「……ええ、私も楽しみです」

小さな茶会の約束を取り付けて、グレイスさんは執務室から出ていった。

ダメだな私は……。前を向こうと決めたのに、また君を思い出してしまったよ。

第三章 遺跡荒らし

chapter Three

デロン流槍術道場は騎士団長であるフィリップさんの祖父、ジーン・デロンさんが未だに現役で師範として活躍されていると聞いています。

今は道場を営んでいるジーンさんでしたが、先代国王の時代はパルナコルタ騎士団にて腕を振るっていたとのことです。

「四十年前、ジーンが騎士団長だった。その活躍ぶりはすさまじく、大陸中に槍術といえばジーン・デロンだと名を馳せたそうだ」

「そんなにすごい方なんですね」

「ああ、若かりし日の陛下に稽古もつけていたらしい。道場を継いだ今も、パルナコルタ騎士団相談役という地位についているのは知っているだろ？　それなりに発言力もあるのさ」

オスヴァルト様は道場への道中、ジーンさんについて語ってくださいました。

その勇名が他国に轟くほどだったとは……。余程の豪傑に違いありません。

「オスヴァルト様も稽古をつけてもらったんですよね？」

「んっ？　はは、そうだな。ヒルダ殿と比べると霞むが、幼い俺には厳しかったぞ。大きいバケツに井戸水を汲んで走らされたり、槍の素振りを千回させられたりしてな。王子の甘ったれた性根を叩き直されたよ」

懐かしむように微笑むオスヴァルト様。

なんとなく彼の心の強さの源流が見えてきました。

王子であるにもかかわらず、自然体で……それでいて思慮深い。

「辛かった思い出なのに、なぜ、そんなに楽しそうに笑っていられるんですか？」

「んっ？　うーむ。どうしてだろう？　フィリアもヒルダ殿との修行の日々を語っているときは嬉しそうな顔をしていたぞ。多分、それと似た理由ではないかな？」

「えっ？」

ヒルダお母様に鍛えてもらった話をしていた私って、そんな顔をしていたのですか？

オスヴァルト様からの思いがけない指摘に、私は首をひねります。

「多分、それはこうして今、身についている力や精神が尊いものだからだろうな。フィリアは修行が母親の愛だと言っていた。それって、なによりあなたにとって大事なものということだろ？」

「そうですね。確かにお母様からいただいたこの力は宝物です」

力がすべてというわけではないですが、力がなくては生きていけませんでした。

大事なものをもらったから、その嬉しさが表情に出ただけ。

オスヴァルト様の主張はシンプルですが、納得いくものでした。

「まぁ俺は子供のとき座学が嫌いで、体を動かすほうが性に合っていたというのもあったんだけどな」

「えっ？　そうなんですか？」

「昔はレオナルドや陛下には随分と怒られたものだ」

懐かしむように幼いときの記憶を語るオスヴァルト様。

彼にもそんな時代があったのかと想像すると面白いです。

「だが、フィリアよ。誤解しないでくれ。俺はだな、決して不真面目な子供ではなかったんだぞ」

「ふふ、わかっておりますとも。ですが、レオナルドさんの手を煩わせたときもあったんですね」

「ううむ。そうだな……レオナルドには昔から世話になっているからな。俺の護衛にしたのも、この男が信頼できるからだし、フィリアに付いてもらった理由も同様だ」

古くから付き合いのあるレオナルドさんとオスヴァルト様。

確かに彼はいつも冷静でよく気が利く方なので、オスヴァルト様が信頼する理由もよくわかります。

「では、リーナさんやヒマリさんもオスヴァルト様が信頼していたから私の側にいるようにと選ばれたのですか？」

「んっ？　確かに、それもある。だがリーナとヒマリは俺の護衛の中でフィリアと年齢が近い女性だったからな。どちらかと言えばその理由が大きい」

「なるほど、そうでしたか」

明るいリーナさんや静かに見守ってくれているヒマリさんは、私にとってなくてはならない人です。

オスヴァルト様が私がこの国に来る前から色々と考えてくださったと知ってなんだか嬉しくなりました。

「ま、個性的な面子(メンツ)になってしまったから、フィリアは驚いたかもしれないが」

「いいえ、そのようなことはありません。良くしてもらって感謝しています」

「だが、ヒマリには驚いていたとレオナルドから聞いているぞ」

「えーっと、それは気付けなかった自分が不甲斐(ふがい)ないというか」

この国に来たばかりのとき、リーナさんやレオナルドさんがお務めに付いてこられたのには驚きました。

ですが、確かにヒマリさんも付いてきていたという事実は一番衝撃的でした。

「主の日常をひっそりと守る。これぞ忍びの業ゆえ……。フィリア様を驚愕(きょうがく)せしめたのは不本意でしたが」

ヒマリさんはその鋭い眼光を光らせながら当時を振り返ります。

先程も話題に出ましたが、彼女の使う忍者の技術は本当にすごいです。

今もリーナさんと入れ替わりで馬車に乗っていましたが、完全に気配を消していました。

野生の獣よりも静かに息を潜めて、周囲に溶け込むのは、見事としか言えません。

「確かに驚愕したのは事実です。でも、ヒマリさんがそうして守ってくれていたと知れて嬉しかったですよ？　私は幸せ者です」

「フィリア様……この上なく光栄なお言葉。胸に染み渡ります」

「大げさですよ、ヒマリさん」

「いえ、主君からのお褒めの言葉は家臣にとってなによりの宝ゆえ」

胸に手を当てて頭を下げるヒマリさんを見て、なんだかこちらまで恐縮してしまいます。

隣国にきてから、不安がすぐに消し飛んだのはオスヴァルト様やここにいる皆さんのおかげです。

それが今の私にはよくわかります。

「おっ！　そろそろ着くぞ。こっちに来たのは久しぶりだな」

オスヴァルト様の声を聞いて、私は外に視線を向けます。

深い森の中。すでに日は落ちかけて暗いですが、どうやら到着したようです。

馬車が止まり、デロン流槍術道場に到着しました。


「ここがデロン流槍術道場だ」

「この建物が……、どこか趣がありますね」

私たちは馬車を降りて、道場の前に立ちます。

古い建造物で、パルナコルタやジルトニアの建築方式と違う気がしました。

これはどの国の技法でしょう？　少なくとも私の知識ではわかりません。

「オスヴァルト殿下、ご無沙汰しております」

道場を眺めていると、中から小柄な老人が出てきました。

長い白髪を後ろで結んでおり、その黒い瞳にはどこかフィリップさんの面影があります。

かなりご高齢に見えますが、背筋はピンと伸びており、その物腰には一分の隙もありません。

初対面ですがわかります。こちらの方が――。

「ジーン先生、久しいな。今宵（こよい）は世話になる」

「殿下、ご結婚おめでとうございます。今日まで直接ご挨拶ができずに、申し訳ありませぬ」

オスヴァルト様に名を呼ばれたジーンさんはきれいなお辞儀をして、彼の手を握ります。

「気にするな。フィリップから手紙は受け取っている。それで十分だよ。……こちらこそ、紹介が遅れたな。妻のフィリア・パルナコルタだ」

「フィリア・パルナコルタです。よろしくお願いします」

妻だと紹介されましたが、パルナコルタの姓を名乗るのはまだどこかむず痒（がゆ）いですね。

ですが、こうして自己紹介する度にオスヴァルト様の妻なのだと自覚して身が引き締まります。

「おお！　大聖女フィリア様の噂（うわさ）はかねがね聞いておりますぞ。噂以上にお美しい方ですな」

「えっ？　いえ、そんな……。あ、ありがとうございます」

嬉しそうな顔をするジーンさんからかけられた言葉に、少し返答につまってしまいました。

こういうとき、どう返すのが正解なんでしょう。

「はは、フィリアが照れている。ジーン、事実でもそこまでにしておけ」

「お、オスヴァルト様！」

「これはこれは、聖女様にご無礼を。なんせこのような場所ですからな。華やかさとは縁遠いゆえ、つい」

ジーンさんはきれいなお辞儀とともに謝意を示します。

パルナコルタ王国の中でも辺境中の辺境。

彼ほどの方なら王都でも門下生が集うはずなのに……。

この場所にわざわざ道場を構えるのには理由があるのでしょうか。

「お二人とも長旅で疲れましたでしょう。なにもないところですが、どうぞこちらへ」

私たちはジーンさんに案内され、道場の中へと足を踏み入れました。


「どうぞ、お飲みくだされ。薬膳茶でございます。肉体が疲れているときはこれが一番です」

ジーンさんは、門弟が出したお茶を私たちに勧めます。

少し強いですが、この香りはヒルダお母様のお茶とよく似ていますね。

ヒルダお母様も健康に気を遣って、薬草を煎じたお茶を淹れているからでしょう。

「いただきます」

「うむ。……相変わらず独特の苦味だな」

「すみませぬ。衣食住、すべてを武のために費やす。これがデロン流の真髄であるがゆえ、客人といえども健全な身体を損なうような飲料はとても出せぬのです」

どこまでも自分を厳しく律するというジーンさんのこだわり。

その精神もどこかお母様と似通うところがあるように思えます。

「しかし殿下、驚きましたぞ。まさかこんなところに新婚旅行で来られるとは。一体、どんなご用件でしょう？」

そして話は私たちの新婚旅行に移ります。

やはり、新婚旅行で道場見学というのはかなり突飛なのでしょう。

この件に関しては、ご迷惑をかけたと反省しています。

「フィリアに俺が幼いときここに通っていたと話したら、是非とも行きたいと言ったんだ。俺もその提案を聞いたときは驚いたよ」

「ほう。それでわざわさ」

「だからさ、俺の昔の話でもしてやってくれ」

優しそうな目を私に向けて、オスヴァルト様はジーンさんに昔話をするように頼みます。

私はもっとオスヴァルト様について知りたい。そのわがままからの訪問でした。

どんな話が聞けるのか楽しみです。

「それは構いませぬが……。しかし、オスヴァルト殿下。良い方と出会われましたな。喜ばしいことですじゃ」

「ああ、自慢の妻だ。惚気になるが、それは堂々と言える」

「えっと、オスヴァルト様。あまり堂々と言われると私が恥ずかしいです」

「おっと、それはすまない。はっはっは」

あまりにも顔が熱くなってしまいうつむいていると、オスヴァルト様が豪快な笑い声を上げます。

好意をいつもまっすぐ伝えてくれるのは大変嬉しいのですが、こうして周りの人たちに伝えられる姿にはまだ慣れません。

もう少し、可愛げがある反応ができればいいのですが……。

「フィリア、悪いな。だが、あなたのような素敵な人が俺の妻になってくれたことをもっと自慢したいのだ」

「オスヴァルト様……」

これはもう私が慣れるしかないのですね。

オスヴァルト様は変わらない。ならば私が変わるしかありません。

「はいは～い！　私も殿下の子供の頃のお話が聞きたいです～！」

そんなとき、リーナさんが挙手をしてジーンさんに話をするように促します。

恥ずかしがっている私を見かねて、助け舟をだしてくれたのでしょうか？

「リーナ、お前はただ面白がっているだけだろ?」

「え〜? ダメなんですか〜? だって、遺跡は見られませんでしたし〜、せめてここくらい楽しみたいです〜!」

思っているままに正直に話すリーナさんを見て、オスヴァルト様は呆れ顔をします。

リーナさんの奔放さには憧れます。私も見習いたいです。

「ふむ。そちらのお嬢さんも聞きたいと申すなら話しましょうか。殿下が初めてここを訪れたのは、五歳のときであった。レオナルド殿、お主がまだ現役の騎士として名を馳せていたときであったな」

「名を馳せていた、とは申しませんがその頃は騎士団に所属していましたな」

「殿下はレオナルド殿の騎士としての実力を目の当たりにして、強さを求め陛下の提案で我が道場にて預かる流れとなったのだ」

「えっ? そうなんですか? 初耳です」

そもそものきっかけがレオナルドさんだという話を聞いて私は驚きました。

レオナルドさんの身のこなしからして、彼が騎士としても相当な腕前なのはわかっていましたが、それでも——。

「いや、別に秘密にしたわけじゃないんだが、なんか照れくさくてな」

「私も初耳ですから、フィリア様が驚くのも無理はありませんな」

どうやらレオナルドさんですら初耳だったみたいです。

素敵だと思いますが、オスヴァルト様にとってはどこか恥ずかしい話のよう。

早くも新たな一面が見られたような気がします。

「最初は戸惑いましたなぁ。なんせ、一国の王子をこのようなところで預かるのですから、その御身になにかあれば責任問題。稽古が厳しい我が道場ですが、オスヴァルト殿下には如何せん甘くするしかありませんでした」

「……甘く、ですか？」

「左様です。しかし、忖度がすぐにバレてしまいましてな。今でもはっきり覚えております。殿下が『これでは僕は強くなれない』とまっすぐな瞳を向けて訴えたあの日を」

何ともオスヴァルト様らしい直情的な主張です。

甘やかされているのを本能的に感じ取って、正面からぶつかってこられるとは――昔から筋が通った方だったのですね。

「あのときは参りましたな。まさかたったの五歳の幼子に一喝されるとは。その高潔さを失わせてはならないという義務感もまた生まれました」

「なにを言うか。あのときの俺は生意気な子供だったと反省している。……しかも、そのあとこっぴどく扱かれてな。ついでに後悔もしたんだぞ」

苦笑いしながら当時を懐かしそうに振り返るオスヴァルト様。

こちらでの修練は大変だったと仰っていましたし、ジーンさんも本腰を入れて鍛えようとしたのでしょう。

「フィリア様、このような感じでお話ししますがあまり面白い話ではないのではございませぬか？」

「いえ、とても楽しく聞かせていただいています。オスヴァルト様のお話、たくさん聞きたいです」

「フィリア……？　真剣な顔して、そんなこと言わないでくれ」

私の表情を見て、オスヴァルト様は困ったように目を背けました。

最近わかったのですが、これは彼が照れているときの癖です。

なぜ、私がオスヴァルト様についての話で喜ぶと照れるのかはわかりませんが……。

「あ～なんだか私も羨ましくなりました～。だって、レオナルドさんもヒマリさんも、ここに思い出があるんでしょう～？」

「別に思い出もなにも私は騎士として稽古をつけてもらっただけ。特に面白い話はないですぞ」

「私はそうだな。王宮で厄介になるまでこちらで過ごしていたゆえ、懐かしさはあるな」

リーナさんの言葉に反応するレオナルドさんとヒマリさん。

ヒマリさん、話しぶりから察するに、かなりの期間この場所に居候していたみたいですね……。

「あの、ヒマリさんは亡命したときにジーンさんに助けられたと聞きましたが、差し支えなければ、その話も聞いてもいいでしょうか？」

つい、こぼれ落ちてしまった興味本位の質問。

少し前までは他人の私的な部分には踏み入るべきではないと思っていました。

しかし、今は知りたい。私にかかわってくれる方たちの歩んできた道を共有したいのです。

「えっ？　あ、私でございますか？　構いませぬが、今宵はオスヴァルト殿下の話を聞くためにここに来られたのではありませぬか？」

意外そうな顔をして、ヒマリさんは質問をしてきます。

確かに彼女の言うとおりなのですが、それでも私は――。

「私、ヒマリさんのことも知りたいんです。もちろん、無理強いはしませんが……」

「いえ、嬉しいです。主君に興味を持っていただけるのは臣下にとって最高の誉れですよ」

微笑みながら、ヒマリさんは力強い視線を送ります。

良かった。勇気を出して話を切り出して……。

「ムラサメ王国を追われ、脱出した私たちは船に乗って命からがら大陸の南側の国。アレクトロン王国に辿(たど)り着いたのです。しかし、かの国は亡命者を受け入れるとムラサメ王国との軋轢(あつれき)が生まれると考え、私たちを強制送還しようと画策しました」

「それでパルナコルタ王国に？」

「はい……」

アレクトロン王国は大陸の中でも特に保守的で、血統を重んじて余所者(よそもの)を嫌うところがあると聞いたことがありました。

ヒマリさんを追い出そうとしても不思議ではありません。

「なんとか国境を越えて辺境の山岳地帯まで逃げてこられたのですが、そこで力尽きて倒れてしまいました。……そのとき、こちらのジーン殿が私を助けてくれたのです」

ヒマリさんは視線をジーンさんに向けました。

この人里から特に離れた山岳地帯で遭難すると命はないでしょう。

今は大破邪魔法陣がありますが、元々人がいない場所には結界を張らないので、魔物の棲息地となっていますから。

「ヒマリを見つけたときは驚いたものですわい。華奢なお嬢さんが、海峡を越えて、国境を越えて、たった一人でこの国まで辿り着いたのですからな」

当時を振り返っている様子のジーンさん。

確かにヒマリさんは今でもお若いくらい。数年前というとまだ年端もいかぬ少女だったはず。

命の危険に怯えながら逃げるというのは大変な話です。

「ヒマリは空腹と怪我で動けなくなって山で倒れていましてのう。見捨てるわけにはいかんので、治療し食事を与えただけですわい。大したことはしとりゃせんのです」

どこか遠い目をして過去を語るジーンさん。

その言葉には嘘偽りは一切感じられず、紛うことなく彼の本心だとわかりました。

「……ジーン殿、ご謙遜召されるな。亡命者として安心して暮らせるように、オスヴァルト殿下に口利きしてくれた恩を私は忘れてはおらぬ」

「そんなこともあったな。だが、あれはたまたま殿下がこちらに来られたので、相談したまでじゃ。感謝するなら快く話を聞いてくださった、殿下にすべきじゃろう」

ヒマリさんとオスヴァルト様を繋いでくれたのもまたジーンさんのようです。

それゆえ、彼女は現在追われることもなく暮らせているのですから、ジーンさんに恩義を感じても何ら不思議ではありません。

「ジーン、それまでお前は俺に頼み事など一切しなかった。そんなお前が頭を下げて、口利きをしたのだ。無下にはせんし、珍しいと驚いたよ」

真剣な顔つきでオスヴァルト様は当時を振り返ります。

きっとオスヴァルト様はジーンさんの気持ちを汲んで尽力されたのでしょう。

「確かに情はあり申しましたな。なんせムラサメ王国からの亡命者。我が祖父と同じ境遇ですからな」

「えっ？　ジーンさんのお祖父様はムラサメ王国の方だったんですか？」

「左様でございます。デロンの家名は王族の指南役に我が父がなった際に、家督を継ぐものがいなくなった男爵家のものを陛下より頂戴した名前でございます」

「そうだったのですね……」

そういえば、道場の建築様式が違ったように見えました。

古い建物ですし、おそらくはジーンさんのお祖父様が故国の建築物と同じように建てられたのでしょう。

「ムラサメ王国の民は縁を大事にすると、祖父より聞き申しておりました。ワシがヒマリを無下に扱えなかったのは祖父の血の仕業でしょうな」

「私は故国を追われた際に四人の兄弟姉妹を失いました。そんな自分に新しい故郷を与えてくれたジーン殿への恩義、これからも忘れませぬ」

ヒマリさんは頭を下げてジーンさんへの謝意を示します。

「はぁ……、新しい故郷くらいじゃ、仲が良かった兄弟と釣り合わんじゃろ」

「いえ、確かに失ったものは大きいですが、私には敬愛すべき主君まで見つかりましたから。これはムラサメの民にとって、忍びにとって、かけがえのない幸運でございまする」

こちらに視線を向けて、ヒマリさんは微笑みました。

彼女のその澄んだ瞳を見ると心が落ち着きます。

「ヒマリさん……」

「フィリア様、これより先もどうかよしなに」

オスヴァルト様の昔話に始まってヒマリさんまで、色んなお話を聞くことができました。

やはりこの場所に来て良かったです。絆がより深まったような気がします。

◆

「今日は私が着替えをお手伝いいたします」

「お願いします。ヒマリさん」

　夜が明けて、早朝。

　今日も移動距離が長いので、早めに朝食を済ませて、出かける支度をします。

　行きたい場所が点々としていますので、どうも慌ただしくなってしまうのです。

「今日はまず遺跡ではなく、〝魔瘴（ましょう）火山地帯〟付近に行かれるのですね？　それで聖女服をお召しに？」

「はい。あの〝月涙花〟の量産がすぐにできる見込みはありませんし、圧倒的に研究するにも数が足りません。ですから、なんとか爆発を止める方法がないものかと考えていたのです」

　もしも、〝月涙花〟をより多く採取できれば〝悪魔の種子〟のみならず他の病気の特効薬も作れる可能性もありますし、その恩恵は測りしれません。

「それで近くに参る必要があるというわけですね」

「そのとおりです。一応、なんとなくの展望は見えているのですが、ヒントがもう少しほしいので近くで観察したいと思っています」

ミアに助けられつつ爆発を自らの身に受けて探索した、あのときの経験は無駄ではありません。

あまりにも濃く不安定なマナの暴発。食い止めるにはマナを安定させる必要がある。

そこまではわかっているのです……。

「それでは、今回は本当に危険は一切ないのですね」

「もちろんです。あのときはヒマリさんにもご心配をおかけして――」

「軽々と従者に謝るものではございませぬ」

ヒマリさんは指を自らの唇に当てて、謝罪の言葉を止めました。

それが彼女の想いなのでしたら、私もこれ以上はなにも言いません。

「ですが、フィリア様の決断に異論を挟む気はこの先もありませぬが――できればもう当分の間は大切な人を亡くしたくはありませぬ」

「ヒマリさん……」

ヒマリさんは少し寂しそうな顔でそう呟きます。

――いつの間にか多くの方が私を大事に想ってくれている。

それを自覚したなら私はもっと自分を大切にしなくてはならない。

あの日、〝月涙花〟を求めて危険を冒したとき、私は痛いほど思い知りました。

この命は私一人のものではない、と。

「ありがとうございます。ヒマリさん、心配しないでください。私はヒマリさんの優しさを決して裏切りません。約束します」

「……フィリア様、その言葉をいただけただけで私の抱えていたものが軽くなりました。いらぬご心配をしてしまい、かたじけない」

少しだけ間をおいて、ヒマリさんの表情は元に戻りました。

凛々しく力強いその黒い瞳は彼女の魅力です。

今後もヒマリさんには幾度も助けてもらうでしょう。

そのとき、今よりももっと歩み寄れればいつかは、彼女の重りを軽くできるのでしょうか……。

「終わりました。それでは、馬車に参りましょう」

「そうですね。オスヴァルト様を待たせるわけにはいきません」

着替えを終えた私はヒマリさんとともに次の目的地に向かうべく馬車へと向かいました。


立入禁止危険区域に指定されている〝魔瘴火山地帯〟はジルトニア王国との国境を跨いでいます。中に入るのには両国の許可が必要ですが、今回はあくまでも近くに行くだけなのでその必要はありません。

「〝魔瘴火山地帯〟に行ったことはありませんけど～。前、フィリア様たちが向かわれた際はパッと行って帰ってこられたから、なんか不思議な気分です～」

リーナさんは地図とにらめっこしながら、首を傾げました。

ジルトニアとの国境沿いなので、王都からはかなり離れていると地図を見て分かったのでしょう。

「前はマモンさんが転移扉を使ってくれましたから。あのときはもっと遠いジプティア王国にだって一瞬で着いたじゃないですか」

「あ～、そうでしたね～。マモンさんってすごかったんですね～」

悪魔のみが使えるという転移扉は便利な魔法です。

マモンさん曰く、結界により護られているダルバート王国の大聖堂以外なら大抵どこにでも行けるとのこと。

私も使えれば楽なんですけども、悪魔の魔法は魔力を体内で、文字通り爆発させて発動するような無茶な仕組みです。

身体への負担が人間の肉体強度では到底耐えきれるものではないのです。

首を切り落とされても平気な悪魔の肉体でないと、とても扱えないでしょう。

「マモン殿の転移扉ってものに世話になって忘れかけていたが、実際は国内を回るってだけでもかなり時間はかかるよな」

「早くに支度もしなくてはなりませんでしたしね～。フィリア様のお務めで私たちは慣れていますが～」

朝日が顔を出すよりも早く、私たちは準備して出かけています。

リーナさんの言うとおりお務めに出かけるときと同じくらいの時間です。

今日は〝魔瘴火山地帯〟付近を見て回ったあと、リックさんの待つ遺跡も訪問する予定で、その遺跡が少し遠いので移動距離が昨日よりも長いのです。

「一瞬で目的地に行けるのも良いですが、私は今こうしてお話をしながら移動するのも楽しいですよ」

やはり賑やかなほうが良いですね。

「楽しいのなら何よりだ」

「はい。オスヴァルト様のお側にこうしていられますから」

「そうか。俺もフィリアの側にいられて癒やされる」

お互いに手を触れ合う。

互いの存在を当たり前のように感じ合い、それを尊ぶ。

夫婦関係というものがどういうものなのか、まだ理解できていない部分もありますが、私はこうしていると自然と安心できます。

「移動時間が長くて良かったです……」

「んっ？　なにか言ったか？」

「あ、いえ。なんでもありません」

溢れ出た独り言を聞かれたのが恥ずかしくて、私は慌てて首を横に振りました。

どうしてそんな感情になったのか分かりません。

でも、オスヴァルト様から体温が伝わるのと同様にきっと私の温度が上がっていることはバレてしまっているでしょう。

「……湖が見えるぞ。朝日が反射してきれいだな」

「あっ！　本当ですね。美しいです」

そんな私の動揺を知ってか知らずかわかりませんが、オスヴァルト様は外を指差しました。

湖が陽光に照らされており、絶景が広がっております。

ですが私はオスヴァルト様のその太陽の光を受けた金髪のほうがまぶしく、微笑む彼の横顔に見惚れていました。

――オスヴァルト様、私はあなたの隣にいつまでもいたいです。

すべてを与えてくれたその光を目に焼き付けながら、私はまた少しだけわがままになりました。

◆

「あのずっと奥が〝魔瘴火山地帯〟か。これ以上は近寄れないんだよな。足元、気をつけてくれ」

馬車が停止して、オスヴァルト様は私のほうに手を差し出しながら声をかけます。

「ありがとうございます。……そうですね。ここから三十分も歩くと爆発が発生する区域ですので、防御ができないと大怪我をしてしまう恐れがあります」

下手をすれば死もあり得る。

一瞬の判断の遅れで怪我をしてしまった私はこの先が如何に危険か知っています。

ヒルダお母様ですら傷痕を残しているのですから、今になって考えると無謀すぎる賭けをしたと大いに反省しているところです。

「爆発の発生数が尋常ではありませぬ。フィリア様とミア殿はよくあのような場所から生還されたと驚きを禁じ得ませぬ」

「ヒマリさ〜ん、よく見えますね〜。私は爆発音が聞こえるだけで、全然見えませ〜ん」

「忍は五感を鋭敏にするように訓練しているのだ。いち早く危険を察知せねば命を落とすゆえ」

さすがはヒマリさん。

かなり離れているはずなのに、素晴らしい視力をお持ちです。

私は視覚でなく爆発音とともに、時おり震える空気とマナの乱れから爆発の位置と規模を推測するしかできません。

「どうだ？　この位置からなにかわかりそうか？」

「ええ、そうですね。観測するには十分な距離です。しばらくここに居てもよろしいでしょうか？」

「もちろんだ。なにか必要なものなんかがあれば言ってくれ。揃えさせよう」

「いえ、お気遣いには及びません。メモとペンがあれば十分ですから」

私は紙とペンを取り出して、仮説をいくつか立てます。

マナの乱れを安定させるにはどうすれば良いのか。

そのような装置を作ったとして、どうやって〝魔瘴火山地帯〟に設置すれば良いのか。

複数だと設置に時間がかかりそうです。しかし、数を絞ると相当なサイズになるかもしれません。

そうなると、さらに運搬の際にリスクが――。

「オスヴァルト殿下、あちらの方でなにか騒ぎがあったように見えますぞ」

「んっ？　そういえば、ざわついているな」

レオナルドさんの指差す方向に視線を向けると、兵士の方が何人か付近の住民に聞き込みをしているような様子が見えます。

なにかあったのでしょうか……。なんらかの紙を見せているようですね。

「オスヴァルト様、行ってみましょう」

「あ、ああ。それは構わんが、観察はもう良いのか？」

「はい。必要な情報はすべてメモしましたので、大丈夫です」

「そうか。ならば事情を聞いてみるとするか」

私の目を見てオスヴァルト様はうなずき、私たちは兵士たちがいるほうへと足を向けました。

昨日の遺跡荒らしといい、行く先々でなにか起こっていますね……。


「おい、騒がしいが一体なにがあったんだ？」

「お、オスヴァルト殿下！　こ、これは、お見苦しいところをお見せして申し訳ございません！　この度はその――」

「いや、挨拶はいらない。騒ぎの原因を教えてくれ」

兵士たちが一斉にこちらを向いて背筋を正したので、オスヴァルト様はそれを制止します。

いきなりオスヴァルト様が話しかけたので、びっくりさせてしまったみたいですね。

「……しょ、承知いたしました。実はつい先日、〝魔瘴火山地帯〟に無断で侵入を試みた者たちがおりまして。爆発を受け、大怪我をして出てきたので捕らえたのですが――」

なんということでしょう。

立ち入った私が言う資格はないかもしれませんが、無謀な方がいたものです。

無断で入ったというところも気になります。

「それでどうしたのだ？」

「はい。怪我の治療をして落ち着いたところで聴取を、と思っていたのですが、その。侵入者たちが突然、消えてしまったのです」

「つまり逃げてしまったということだな」

「も、申し訳ありません！　責任逃れをするつもりはございませんので、いかなる処分もお受けします！」

「いや、それは俺が決める話じゃない。……なるほど、それで聞き込みをしていたのか」

爆発による怪我は程度の差はあれどすぐに動けるほど軽くはないでしょう。

おそらくは侵入者には味方がいて、逃亡の手引きをした。そう考えるのが自然です。

それくらいは兵士たちも推測しているでしょうし、置いておいて。その前に――。

「フィリア、どう思う？」

「私が気になったのは侵入者たちの目的です。この場所が如何に危険なのかは、周知されていたはず。そこにわざわざ入るというならば、そのリスクに見合う目的があるはずです」

その目的は見当がついていています。

何故（なぜ）なら私がこの場所に立ち入った理由そのものだからです。

「も、目的ですか？　そうですね。侵入者の一人が確か、〝月涙花〟とうわごとのように呟いていましたが。なんのことやら、さっぱり」

「フィリア……」

「はい。やはり、そのようですね」

兵士の言葉に私とオスヴァルト様は顔を見合わせてうなずきます。

この場所にて〝月涙花〟が手に入った事実は、事故などを防ぐために限られた者たちしか知らない情報となっています。

世間には私がなんらかの手段でまとまった量の〝月涙花〟を手に入れたという情報しか伝えられてないのです。

ですから、兵士たちがそれについて知らぬのも無理はありません。

問題は秘密にしていた情報を知った何者かが侵入を試みたところにあります。

「オスヴァルト殿下、こちらが今回の件の調査報告書です。付近の事情聴取が終わり次第、王宮に提出いたします」

「ふむ。……一昨日、大怪我をした賊を三名捕獲。怪我の状態から〝魔瘴火山地帯〟へ無断で侵入したものと推測。昨日の昼、事情聴取を行おうとしたところ、三名とも消失。動ける状態ではなかったため、逃亡を手助けした者がいる可能性大」

その内容は概ね想像どおりでした。

問題は手助けした者の正体。

貴重な薬草である〝月涙花〟がこの場所にあると、どうやって知り得たのかも含めて調べる必要があるでしょう。

「これは早めに兄上に報告したほうが良いだろうな」

「そうですね。〝月涙花〟に関してはジルトニア王国との関係にもかかわります。調査報告書があるのならば、至急届けたほうが良いかと」

立入禁止危険区域である〝魔瘴火山地帯〟の半分はジルトニア王国の領土です。

ことと次第によってはあちらの国にも迷惑がかかる可能性もあります。

「そうだな。確かに早く届けさせたほうがいいな。ここから王都だと結構距離があるが――」

「それなら私が参るのが適任でしょう。迅速に確実にライハルト殿下に報告書をお渡しいたします」

オスヴァルト様の言葉に反応されたのはヒマリさんでした。

彼女ならば、確かに誰よりも早く王都に辿り着くでしょうし、なによりも信頼ができます。

「殿下、ここはヒマリに任せるのが最善かと。護衛は私とリーナがいれば問題ありますまい」

「ヒマリさんなら～、サーッと行って～、帰ってきますしね～」

レオナルドさんとリーナさんもどうやらヒマリさんが報告書を届けることに賛成らしいです。

お二人がいれば安心ですし、私やオスヴァルト様も自分の身を守る術を知っています。

「フィリアもそう思うか？」

「はい。ヒマリさんに任せましょう」

「ふっ、そうだな。俺もこれは只事ではないと感じている。ヒマリ、兄上に報告書を渡してくれ。もちろん、俺もブレスレットでお前が戻ることと簡単な状況は伝えておくがな」

オスヴァルト様は兵士から受け取った報告書をヒマリさんに手渡します。

その見慣れた表情は頼もしくて凛々しく、そしてどこか嬉しそうでした。

「御意。必ずや速やかに報告書をお届けします。それでは――」

音も立てずに視界から消え去る彼女は、まるで疾風のようです。

ヒマリさんなら心配はいらないでしょう。

きっとすぐにライハルト殿下に手渡してくれるはず。

「わ～、いつもどおり速いですね～」

「ですが、フィリア様。よろしいのですかな？　いつもならば旅行を中断なさっているところですが」

見送るリーナさんの隣でレオナルドさんが不思議そうな顔をしています。

旅行を中断して、侵入者たちについて調査を……。

彼の言うとおり実はそれも考えていました。考えていたのですが――。

「昨日の遺跡荒らしと今回のこの一件、同時期に起きたのは偶然かどうか。それが気になっているんだろ？」

「オスヴァルト様？」

「こんな短期間に立入禁止の場所に侵入者がいた事案が二つもある。フィリアでなくても、関連を疑うところだ」

私が答えるよりも前にオスヴァルト様が答えを仰せになりました。

そのとおりです。私は、これを偶然で済ませるという考えには至りませんでした。

「新婚旅行を楽しみたいという気持ちがあるのも事実です。ですが、オスヴァルト様の仰るとおり、私は二つの事件は関連していると考えています」

「うむ。やはりそうか。……俺たちの次の目的地もまた遺跡」

「はい。もしかしたら今回の一件にもかかわる重大なヒントが見つかるかもしれません」

二つの事件の繋がりについて調べるためにも、私たちは遺跡巡りを続行します。

次の目的地は〝魔瘴火山地帯〟からすぐ近くにあるパルナコルタ最大の遺跡、アマルゴア遺跡——。

「ならば行ってみるか。ふぅ、すっかり新婚旅行気分という感じではなくなったな」

「申し訳ありません。純粋に楽しみたかったのですが」

「はは、フィリアが謝る必要はないさ。これもまた俺たちらしいじゃないか。さぁ、行こう」

笑いながら差し伸べられたオスヴァルト様の手を握り、馬車に乗り込んだ私。

いつでもこうして私の気持ちを優先してくれる彼の優しさに感謝しながら、馬車の揺れを感じていました。

◆

ジルトニア王国との国境付近から移動して、辿り着いたアマルゴア遺跡。

太陽は真上にあがり、すっかりお昼になっていました。

「えー、お待ちしておりました。オスヴァルト殿下、フィリア様。はい」

一足先にこちらで待っていたリックさんは、うやうやしく頭を下げます。

昨日は侵入者の件で取り乱していましたが、今日は完全に落ち着きを取り戻しており、顔色も良さそうでした。

「リック殿、この遺跡に侵入者はいたか？」

「い、いえ、えー、一応調べましたがそのような痕跡はございませんでした。はい」

「怪しい者の目撃情報なんかはどうだ？」

「あー、はい。えー、そ、そうですね。そちらも防衛を担当している騎士たちから、えー、聴取しましたが、そのような者たちはいなかった、と証言していましたです。はい。えー、これがその詳しい報告書です」

オスヴァルト様の質問に答えながら、リックさんは書類を手渡します。

私たちがここに来るまでの間に、色々と調べてくれたようです。

「そうか。よく調べてくれた。……じゃあ、中に入るか」

「はい。そうしましょう」

「えー、それではご案内いたします。はい」

リックさんは私たちをアマルゴア遺跡の中へと案内します。

こちらも他の遺跡と同様に石の壁で守られており、重厚な扉が入口となっていました。

「ご存じかとおもいますが、えー、このアマルゴア遺跡はパルナコルタ最大の遺跡でして。はい。えー、かつて多くの人々が暮らしていた形跡が残っております」

この遺跡は古代人の集落跡としては大陸の中でも最大級といわれています。

古代人は非常に少数で、私たちよりも優れた魔法技術を持っていたにもかかわらず、その魔法によって絶滅の一途を辿ったという記録が残っていました。

私は今の人類が同様の運命を辿らないために、より彼らについて知っておく必要があると思っています。

「いやはや、嬉しいですよ。はい。えー、あのようなことがあった以上、新婚旅行を中断されるかもと思っておりましたから」

「そうだな。それも考えたが、俺たちのせっかくの新婚旅行だから、な」

「ええ、こんなにも貴重な体験を先送りにはしたくありません」

オスヴァルト様の言葉に私はうなずきます。

事件が気になるという理由もありますが、遺跡が見たいというのも本音です。

「良かったですよ、はい。えー、こちらの遺跡の魅力をどんどん伝えさせていただきます」

気合いを入れて案内してくれるというリックさん。

その心遣いは大変ありがたいです。私も色んな場所をゆっくりと見て回りたいですから。

「リックさん、まずはどちらに向かわれるのですか？　私はあちらの発掘現場を見たいのですが」

「さすがはフィリア様。えー、あの発掘現場はこの遺跡の中で最も見ていただきたい場所です。はい。ですが、えー、その前にそちらの井戸を案内させてください。順番としては、その方が楽しめるはずです」

リックさんは、私が指差した発掘現場と逆方向にあるという井戸を指差します。

なるほど。そういうことでしたか。

確かに歴史を知るには順番は大事ですよね。その理屈は十分に理解できます。

理解はできるのですが――。

「オスヴァルト様、あちらを見てきます」

「んっ？　フィリア！　どうしたんだ!?」

「えー、どうしました!?　フィリア様！　フィリア様!!」

私は自らが指差した発掘現場へと走ります。

オスヴァルト様とリックさんの声を背中に受けながら、急いでその場所へと向かいました。

発掘現場と思しき場所には塔のような建造物があります。

「どうしたんだ？　一体なにがあった？」

「すみません。人の気配を感じ取ったので、逃げる前にと急いでしまいました」

「な、なんだって⁉」

追いかけてきたオスヴァルト様の言葉に返事をすると、彼は驚いて目を見開きます。

そう。ちょうど今、この遺跡には侵入者がいるのです。

「……五人いますね！　出てきてください！　私は聖女です！　傷付いた方もいるのはわかっています！　治療をしますので、隠れるのはお止めください！」

息を吸い込んで、私はできるだけ大きな声を上げて塔に向かって話しかけました。

間違いありません。上手く気配を消していますが、あの場所には隠れている者たちがいます。

──誰か動きました。一番気配が静かだった人です。

「いやはや、驚きましたねぇ。まさか、このような遺跡に聖女様がいらっしゃるとは。聖女様は確か新婚旅行中と聞きました。すると、そちらはオスヴァルト第二王子殿下ですねぇ。お初にお目にかかります」

私の目の前に現れたのは、眼帯をつけた茶髪の男性でした。

頭にターバンを巻いており、大きめのリュックサックを背負っていて、行商人のような風体です。

礼節に則って頭を下げるも、この状況でその仕草はむしろわざとらしさを感じます。

「いかにも俺はパルナコルタの第二王子オスヴァルトだ。お前はこの国の者じゃないな？　なにが

目的でここにいる」

オスヴァルト様は私を庇うように前に出ます。

その目つきは厳しく、いつもの優しさは鳴りを潜めていました。

「おっと、物騒なものはしまってください。オスヴァルト殿下、私はあなた方と交戦するつもりは一切ございません。罪は償うつもりです」

慌てて両手を上げ、降参の意思を見せる商人風の男。

確かに邪気や悪意は一切ないように見えますし、嘘を言っているようにも思えません。

――でも、なにか変です。この方の行動すべてに僅かな違和感を覚えます。

「……そうか。大人しく投降すれば手荒な真似はしないと約束しよう。しかし、どうやってここに入った？」

「ここへ入った手段？　そうですね。話すと長くなりそうです。あとできちんと話をするとお約束しますよ」

話すと長くなる……そういえば妙です。

あの人はどうしてあの出来事を知っていたのでしょう？

それを伝えたのがこちらの商人風の男だとしたら、ここに入った手段は――。

「リックさんの手引きですね？　あなたたちはリックさんの力を借りてこの遺跡に入った。違いますか？」

「ほう……」

　そう。答えは思いの外、単純でした。

　私たちの案内人を務めていたリックさんこそ、侵入者と通じていた協力者だったのです。

　彼が力を貸せば、騎士団の方々の目を盗んで侵入させるなど容易でしょう。

「……そのリックさんとやらが私の協力者だと何故わかったのですかねぇ？　理由を是非ともお聞かせいただけないでしょうか？」

　興味深そうに笑みを浮かべて、商人風の男は質問をします。

　この状況で平然と質問を口にするなんて、その精神力は常人離れしていると見ていいでしょう。

　私たちが彼を観察しているのと同様に彼もまた私たちを値踏みしているように見えました。

「思えば、前の遺跡でも変でした。足跡を見つけ、普通ならばまず他の足跡を探してその足取りを追おうとするはず。しかし、リックさんは足跡から目をそらさせようとするかのように、宝物庫へと走り出しました」

「うーむ。しかし、それは宝物庫に国宝などの貴重品があり、いても立ってもいられなかったからではないか？」

「もちろん、私もそうだと考えてその時は特に疑いを持っていませんでした」

　最初の違和感。

　これに関して言えば私の考えすぎの可能性があまりにも高かったので、あえて黙っていました。

「リックさんを疑い始めたのはこの遺跡についてからです。新婚旅行が中断されると懸念していたと言っていましたが、どのタイミングでしょう?」

「タイミング?」

「はい。昨日、ここで待ち合わせの約束をして別れたのですよ。私たちもはっきり旅行を続けると言いましたし」

「そういえば、リックから確認されて俺は続けると答えたな」

「そこで考えたのはリックさんが誰かしらに〝魔瘴火山地帯〟に侵入者がいた一件ついて話を聞いたのではないか、ということです。それを聞いたから旅行を中断するかもしれないと考えたのではないか、と」

「なるほど……」

私の考えを聞いてオスヴァルト様は納得したような声を出し、顎を触りました。

はっきりと疑いを持ったのはこの瞬間。

そして、疑いは確信へと変わります。

「その後、私は気配のする方向にある発掘現場を見たいと希望を伝えました。しかし、リックさんは気配と真逆の方向を指差して、そこから遠ざけようとしました」

「さっきのやり取りはそういうことだったのか。つまり、リックはこいつらが逃げるための時間稼ぎをしようとしたんだな」

「私はそう思っています。もちろん、証拠はありませんが……」

確たる証拠はありません。

しかし、状況はリックさんが侵入者と通じていたと言っています。

言い逃れしようと思えばできるのですが――。

「で、本当のところはどうなんだよ？　そこにいるんだろ？　出てきて、説明しろ」

「……も、申し訳ありません！　すべて、えー、フィリア様の仰るとおりでございます!!」

木陰からリックさんが震えながら出てきて、涙を流しながら頭を下げます。

素直に自白したということは罪悪感はあったのでしょう。

一体、どうしてこのような真似をされたのか……。動機がわかりません。

「リック殿、お前は優秀な考古学者として陛下も認めていたのに。そんなお前がどうしたんだ？」

「す、すみません！　えー、け、研究資金に釣られてつい出来心なんです！　多額の謝礼を払うからとその男にいわれて！　はい！」

商人風の男に買収されて事に及んだというリックさん。

そうでしたか。国の予算が下りなくて、発掘調査も休止していたと聞いていましたが、それがそんなにも彼を……。

もちろん、だからといって許される話ではないのでしょうが、彼の言葉を聞いて私は少し胸が痛みます。

「リックさんの事情はわかりました。……まずは怪我人を治療します。あなたとそのお仲間さんも、大人しく遺跡の外で話を聞かせてくれませんか？」

とにかく私の想像どおりなら、〝魔瘴火山地帯〟に侵入を試みたのも彼の仲間。

怪我人の気配から察するに容態はあまり芳しくないはず。

聖女として放っておくわけにはいきません。

「もちろんです。是非とも非礼な行動のお詫びをさせてください。しかし、さすがは聖女様ですねぇ。素晴らしい慈悲の心をお持ちです。私は心より感動しております。出てきなさい！　聖女様は寛大にも怪我の治療をしてくださると仰った！」

再び、商人風の男はうやうやしく頭を下げます。

そして、仲間たちを呼びつけると塔の中から四人の男が出てきます。

そのうち、二人はかなり重傷を負っていました。やはり危険な状態です。

私たちは侵入者たちとともに遺跡の外に出ました。

「セイント・ヒール……!!」

身体の異常を取り除き、健全な状態に復元する治癒魔法。

さすがに死者蘇生はもちろん、欠損した四肢を再生させるなどは無理ですが大抵の怪我や体力の消耗はこの魔法で治せます。

「ら、楽になった！　痛くて痛くて仕方なかったのに嘘みたいだ！」

「き、奇跡だよ！　おおおっ！　こんなにすぐに治るなんて！」

放置しておくと危険な状態だった二人はすっかりと傷が癒えた様子で、両腕を上げて喜んでいました。

とりあえず、取り返しのつかないことになる前で良かったです。

ここに来るまでに話を聞いたところ、やはりこの傷は〝魔瘴火山地帯〟に踏み入ったときに負ったものらしいです。

「ふふ、さすがは稀代(きたい)の大聖女様。見事ですねぇ。私も治癒魔法を使う者を何人か知っていますが、あなたの魔法とはものが違う。それは魔法の知識がなくても目利きできます」

ゆっくりと拍手しながら、商人風の男性はニコリと微笑みます。

目利きという言葉……やはり何かしらの商売をしている方？

とすると、一連の侵入事件はその商売とやらに関係するのでしょうか。

「さて、怪我を治したところで話を聞かせてもらおうか。まずはあんたたちの身元を嘘偽りなく話してくれ。今よりもことを荒立てたくなかったら、な」

腕組みをして、オスヴァルト様が商人風の男たちを尋問します。

彼は「嘘をつくな」と念を押しました。

それは欺瞞(ぎまん)は罪をさらに重くするという意味に加えて、真実を話せば手荒には扱わないというオスヴァルト様なりの優しさから出たセリフでしょう。

「もちろんです。私は部下を助けてくださった温情に心を打たれています。真実のみをお話しするとお約束しましょう」

胸に手を当て目をつむり、商人風の男はオスヴァルト様の言葉に対して返事をします。

不思議な人です。嘘の気配は感じないのに掴（つか）みどころがない。

まるで心をどこかに隠しているような、そんな感じです。

「そうか。ならば信じよう。まずはリーダー格であるあんたの名前を教えてもらおうか」

「もちろんです。自己紹介が遅れてしまい、とんだ失礼を。私はハリー・フレイヤと申します。アーツブルグ王国で商いを営んでいる者です。こちらの四人は私の部下。怪我をした二人は案内人としてパルナコルタ王国で雇った者たちですので、付き合いはあまり深くありません」

丁寧に自己紹介するハリーと名乗った男性。

アーツブルグ王国は商人が活発に動いていて他国で商いをするのも珍しくないと聞きます。

あくまでもその国のルールを守って、ですが。

しかし、ハリー・フレイヤという名前。あのときリーナさんが――。

「オスヴァルト様、アーツブルグ王宮から届けられたあの反物を流行（はや）らせた商人の名前。確かハリー・フレイヤさんだと聞きましたよね」

「ああ、そういえば。よく覚えていたな。そうか、それはこの男が……」

リーナさんの話によるとハリーさんは、かなり成功している商人のようでした。

そこまで成功している彼がこの国で罪を犯してまで一体なにを？

謎は深まるばかりです……。

「ハリー殿とやら。あんた有名な商人なのか？」

「いえいえ、とんでもございません。まさか、大聖女フィリア様に自分の名前が知られているとは夢にも思いませんでした。光栄ですねぇ。商売人冥利に尽きますな」

またもや頭を丁寧に下げて、感動を口にするハリーさん。

どこまで本気の感情なのでしょうか。

「それで、その商人さんとやらがこの国になんの用事だ？　立入禁止区域である〝魔瘴火山地帯〟にまで無断で入ってなにがしたい？」

「おやおや、オスヴァルト殿下。私の目的が、わかりませんかねぇ。大金を使ってリックさんを仲間に引き入れ、この国でリスクを負った理由が」

まるで楽しむかのように、こちらの反応をハリーさんは観察しています。

追い詰められているにもかかわらず、平然としている様子からはただの商人とは思わせない凄みを感じました。

この国にきた目的。それは一つしかないでしょう。

「――〝月涙花〟、ですね。あなたは幻の薬草を狙ってあの場所に行ったのです」

「正解です。さすがは聖女様。美しい上に聡明でもあらせられる」

目を細めて静かな声で、彼は私の言葉を肯定します。

こういう事態を避けるため〝月涙花〟の入手場所は秘匿していました。

ハリーさんがどのようにして、その情報を仕入れたのか知りませんが、無茶をしたようです。

「一輪でこの袋いっぱいの金貨よりも価値があるという幻の薬草〝月涙花〟。なんとか持ち帰ってもう一儲けしたかったんですけどねぇ。いやはや、こんなところで醜態を晒すとは情けないです」

失敗をしたというのに、この落ち着きようはやはり不自然です。

なにかこの状況を好転させるような切り札でも持っているような、そんな気がします。

「……そんな目的のために、あんたは自分の部下に大怪我を負わせたのか？」

僅かに怒気を潜ませたオスヴァルト様の言葉に、ハリーさんはそれまで絶やしていなかった笑みを消します。

「見損なわないでください。他人の命を危険に晒してまで商売をしようとは思いませんよ。あれは事故です」

「事故だと……？」

「私はどうせ怪我をするだけだから、近付くなと指示をしたのです。それなのに抜け駆けを企んだ彼らが暴走してしまいましてねぇ。他国の者を雇うリスクでしょうか。高い勉強代を取られましたよ」

悲しそうな顔をして首を横に振るハリーさん。

一輪でも手に入れれば大金が得られる。いわゆる一攫千金の誘惑によって、雇った人間が暴走をした。

ありえない話ではありません。

「……ふむ。この男は、あんたたち二人は勝手に〝魔瘴火山地帯〟に踏み込んだって言っているが、本当か？」

「は、はい。あそこに大金が眠ると聞いて、つい……」

「それなのにハリーさんは捕まった俺らを助けてくれて」

「助けたのに感謝は不要です。あなたたちから話が漏れるのは避けたかったのでねぇ」

オスヴァルト様の問いかけに大怪我を負っていた二人は答えつつ、ハリーさんへの感謝を口にします。

どうやら、怪我を覚悟で〝月涙花〟を取りに行こうという無謀な考えではなかったようです。

でも、ハリーさんは〝月涙花〟目当てにこの国にきたと認めている。それはつまり……。

「しかし、無茶をして一分経たずして大怪我を負う彼らを見て悟りましたよ」

「悟った、だと？」

「あの場から〝月涙花〟を持ち帰るのに大聖女とその妹の聖女が二人がかりでやっとだったという話は本当だったのだと。大聖女フィリア様ですら、お一人だと難しいと判断するならば我々常人には逆立ちしたって不可能。身の程を知りました」

ハリーさんは少しだけ誤解しています。

私は無謀にも、一人で行くつもりでした。

その驕り（おご）りは自らを死の危険に晒し、妹の機転によってたまたま救われたのです。

あのとき、叔父のために〝月涙花〟を手に入れようと動いたこと自体は後悔していませんが、反省すべき点はいくつもあります。

「〝月涙花〟を狙ってこの国にきたのはわかった。……だが、ハリー殿。あんたはリック殿を買収してまで遺跡に侵入しただろ。その目的はなんだ？　盗みじゃないんだろ？」

「ははは、もちろんです。私は盗みという野蛮な方法で財を築くなどいたしません」

「買収と侵入はしたがな。……それは後で言及するとして、まずは遺跡を荒らした理由を話せ」

遺跡に踏み入った理由の大方は予想できます。

ですが、私の考えが合っているとなると、ハリーさんは思った以上に大胆な企みを持ってここにやってきたことになりますね……。

「やれやれ遺跡荒らしとは心外ですねぇ。荒らすのが目的ならリックさんをわざわざ買収などしませんよ。……別に無理やり入ろうと思えばできたのですから」

肩をすくめ呆れたような口調で、ハリーさんは遺跡荒らしを否定します。

無断で遺跡に入ったのですから、それだけで荒らしたようなものですが……。

それにしても、厳重に守られている遺跡に無理やり入れるというのは聞き捨てなりません。

「無理やり、か。なるほど……ハリー殿、あんたかなり鍛えているな。特に脚力――その無駄のない歩き方は一朝一夕では身に付かない。俺の従者に足技が得意な男がいるが、そいつとそっくりだぞ」

「ほほう。殿下、なかなか良い目利きをしますねぇ。商人も体が資本でして、私も少しばかり訓練しているのです」

オスヴァルト様の見立てでは足技を得意とするレオナルドさんを彷彿とさせるほど、ハリーさんはよく鍛えられているみたいです。

行商人と呼ばれる方たちを見たことは何度もあります。体力仕事なのでタフな方たちですが、それでもあの中に入れるかといわれても難しいでしょう。

確実に只者ではないし、それを隠すつもりがあるのかないのかすらわからない。不思議な人です。

「で、荒らしが目的じゃないというのなら、なにを求めて遺跡に踏み入った？　そろそろ理由を話せ」

「ふーむ。商人として流行を生み出すためにはその国の文化や歴史を知る必要がありましてですね。過去から今への流れを知れば、現在にどんなものが必要なのか自ずとわかるものなのです」

「はっきりしない言い方だな。つまりなにが言いたいんだ？」

なんとも要領の得ない返答です。

回りくどい言い回しにもなにか理由があるのでしょうか。それとも単純に彼の癖？

ハリーさんが言いたいのはおそらく——。

「古い記録には思わぬ情報が載っていて、価値があるという意味でしょうか？　つまり歴史を調べると有益な情報が得られ、新たな発見の礎となる」

「さすがはフィリア様。そのとおりです」

「……それで、遺跡を調べてなにを知ろうとしたんだ？」

オスヴァルト様は私の言葉を聞いて、うなずきながら質問を続けました。

煙に巻こうとしているとも取れるハリーさんの態度を前に、怒らず辛抱強く会話を続けようとされる姿勢は王子らしからぬと言えるかもしれませんが、敬服します。

「ええ、私が知り得たのは興味深い歴史です。……古代人の記録によると小規模ではあるが〝魔瘴火山地帯〟と同様に爆発が頻発していた区域があったみたいなんですよ」

「な、なんだと？　それは本当か？」

「もちろん、嘘は申しません。さらに驚いたことにですねぇ。古代人たちは何らかの方法でその爆発を止めることができていたみたいなんです。私はその方法を知るために遺跡への侵入を試みたのですよ」

その言葉にオスヴァルト様は素直に驚いた顔をしました。

あの〝魔瘴火山地帯〟が立入禁止区域たる理由。その理由の根本を解消できると言われれば、驚くのも無理はないでしょう。

「やはりあなたもその可能性を求めていたのですね……」

「ほう。それではフィリア様もですか」

「ええ、〝魔瘴火山地帯〟の観察に加えて、遺跡からなにかしら古代人の知恵を借りられれば、あるいは……、と思っていました」

新婚旅行を遺跡巡りにしたのは、もちろん好奇心を満たすのが目的でしたが、それだけではありません。

古代人は優れた魔法だけでなく、魔道具を作る技術も今より秀でていました。

だからこそ、ヒントを。あの爆発を止める方法を考えるために、なにか助けになる情報が得られないかと期待していたのです。

「いやー、本当に大聖女フィリア様には驚かされますねぇ。今まで色んな人間を目利きしてきましたが、初めてですよ。私の常識では測れないと感じたのは」

「…………」

「おっと、聖女様を値踏みするなど神への冒瀆(ぼうとく)ですねぇ。お許しください」

両手を広げて、ハリーさんは笑顔を見せます。

私にどれほどの価値があるのかは興味がありませんが、彼の真意には興味があります。

ここまでハリーさんが包み隠さずお話ししたのには意味があるはずです。

「で、爆発を止める手がかりとやらは見つかったのか？」

「ええ、もちろんです。私は転んでもタダでは起きたくない性分ですからねぇ」

「「――っ!?」」

まさかそこまで手にしていたとは……。

いえ、驚きましたが可能性の一つとしては想定していました。

この方の余裕にはなにかあると感じ取っていましたから。

つまり、これが彼の切り札という訳ですね。

「こちらの石版なんですけどねぇ。ほら、古代語の記述と設計図らしき図が彫られているんですよ。リックさんを仲間に引き入れたのはこれを解読させたかったからなんですけども……完全に解読するには時間がかかるそうです」

リュックサックから石版を取り出してみせたハリーさんは、肩をすくめて首を横に振ります。

なるほど。リックさんを買収したのにはそんな理由もありましたか。

「読ませていただいてもよろしいですか？」

「おやおや、フィリア様は古代語の知識までおありなのですか？」

「ええ、新しい魔法などの研究に必要でしたので」

「今日一日で何度も驚かされるのでしょう。もう感服です。……他ならぬフィリア様のご要望とあらばどうぞ、と言いたいところなのですが」

その瞬間、ギラリとハリーさんの瞳が光ります。

どうやら石版を私に渡す気はないみたいです。

「すみませんねぇ、私も商人の端くれ。この石版は別の遺跡の情報をもとにそれなりに手間をかけて見つけ出したものです。タダで見せるとなると私の美学に反します」

「石版を私に見せるのにあたって、なにか条件でもつけるのですか？」

「もしも、ここに彫られているものが本当に〝魔瘴火山地帯〟の爆発を止めるために役立つ情報でしたら、その功績に報いて部下だけでも解放してやってほしいのです」

部下を見逃してほしい。

まさか、そんな交換条件を出すとは思いませんでした。

「あなた自身の免罪は望まないんですか？」

「それはさすがにオスヴァルト殿下が許さないでしょう。私だってそれくらい弁えています。ただ、部下たちは私が唆して巻き込んだいわば被害者。私のせいで厳罰に処されるのは、いたたまれないのですよ」

ハリーさんは自らの背後にいる部下たちに視線を向け、切々と彼らの免罪を求めます。

いくらハリーさんに唆されたという理由があっても、通常ならば彼らは罪を背負い罰を受けねばなりません。

その罪を消してほしいと頼むのは本来ならば無理な話なのですが……。

「オスヴァルト様、どうしますか？　ハリーさんはおそらく無理に拘束しようとすると、その前に石版を破壊することすら厭わないかと」

「そこまで見抜いているとは、話が早いですねぇ」

この方はそれくらいはする。そう思わせるほどの得体の知れなさと覚悟を感じます。

だからといって交換条件を呑むかどうかはオスヴァルト様が決めるべき話なので、私は彼に結論を委ねました。

「主犯のハリー殿以外は金で雇われただけなんだろ？　わかったよ。聴取に正直に答えれば罪には問わないようにしよう。あんたが自分の保身を口にしなかった心意気に免じてな」

「オスヴァルト様、よろしいのですか？」

「ああ、〝魔瘴火山地帯〟の爆発をなんとかできるなら兄貴もなにも文句は言わんだろう。……だが、リック殿。あなたは別だ。あなたの罪を見逃すわけにはいかない」

「も、もちろんわかっております。えー、はい！」

ハリーさんの部下たちの免罪を認めたオスヴァルト様は、リックさんにだけは睨みを利かせます。

これは致し方ないこと。

なんせ、彼は他ならぬ陛下からの信頼を裏切ったのですから。

どんな理由があろうとオスヴァルト様の一存で許すわけにはいきません。

「ハリー殿、これでいいか？　フィリアにその石版を見せてやってくれ。俺は約束を守る。あんたにも守ってもらおうか」

「もちろんです。公明正大だと評判のオスヴァルト殿下に二言はないと信じておりますから」

ハリーさんはにんまりと笑って、私に石版を手渡します。

古代語の刻まれた石版。図は彼の言うとおり設計図ですね。

しばらく、私は石版の古代文字と設計図を解読しました。

「これはハリーさんの言うとおり、爆発を止める効果のある魔道具の設計図ですね」

「――っ!? フィリア、本当か？ それじゃあ、その魔道具を使えば――」

「はい。〝魔瘴火山地帯〟の爆発を止められます。専門的な用語や一部が暗号化されていたので、解読が難しかったのでしょう」

古代語で記された魔道具の設計図。

これを解読するのは、知識があっても難しいはずです。

魔道具作りにも精通している考古学者は少ないはずですから。

「なるほど、なるほど。それでは、フィリア様でもこの石版の解読はさすがに――」

「いえ、内容は大体わかりました」

「えっ？ ははは、これはまた驚きました。こんなにも短時間で解読できたと仰るのです？」

「そうですね。細かいところはさておき。九割ほどは……」

たまたま魔道具の知識があったおかげで、解読はそれほど難しくありませんでした。

どうやって、どんなものを作れば良いのか、大まかですが理解できたつもりです。

「それで、どんなものだったんだ？」

「理屈としては単純です。〝魔瘴火山地帯〟は大気中のマナが非常に不安定であるがゆえに危険な爆発が頻発していました。ここに彫られていたのは、マナの濃度を安定させる装置の設計図です」

「要するに爆発の原因を取り除く魔道具というわけか」

「ほう。まさかフィリア様が、ここまでとは……」

オスヴァルト様は感心したようにうなずき、ハリーさんは不敵な笑みを浮かべます。

彼自身は免罪されるわけではなく、これから罪人として捕まるのですが、どうも様子が変です。

彼の余裕は一体どこからくるのでしょう。

「それにしても考古学専門のリック殿でも難しかったというのに解読が随分と早かったな」

「実は似たような魔道具の作製については自分も考えていたのですよ。ですから、思いの外すんなりと解読できました」

これは偶然といえば偶然でしょうし、必然といえば必然です。

あの爆発を体感して原因は理解できていました。

ならば、古代人の作った魔道具と同じ発想のものを作ろうと考えるのは必然。

その構造が私が独自に古代の文献をヒントに考えていたものと、かなり一致していたのです。

「古代人はマナの扱いに長けていましたから、より精度の高い魔道具を作っていたのでしょう」

「だから神具と呼ばれるほどのものも、発掘されるんだよな」

「はい。だからこそ、マナを安定させる装置も考えていたという期待はありました。私も古代人の知恵を借りたくて遺跡を見て回ったので」

「つまり、ハリー殿の見つけ出した石版こそ、フィリアが探し求めていたものってわけか」

「そうなります……」

遺跡に無断で侵入するという行為を働いて見つけ出したという、この石版。

それが私の探していたものだと肯定するのはいささか抵抗がありますが、事実です。

さらに解読の精度を上げれば、マナを安定させる魔道具を作ることは可能でしょう。

「ふむ。マナを安定させる魔道具とやらを使えば〝魔瘴火山地帯〟での爆発を止められるという道理か」

「ええ、オスヴァルト様の仰るとおりです」

話をまとめたオスヴァルト様の声に私はうなずきます。

そう。確かに理屈では彼の言うとおり、なのですが――。

「一つだけ問題があるのです」

「そうなのか？」

「はい。このブレスレットにも使われていますが、魔道具には魔鉱石という材料が必須です。〝魔瘴火山地帯〟全体のマナを安定させるほどの装置を作るとなるとそれが大量に必要になるんです」

「大量？　それは具体的にはどれくらいになるんだ？」

「少なく見積もっても、パルナコルタ中にある魔鉱石の倍以上の数が必要かと」

自らのブレスレットを外して魔鉱石について、私はオスヴァルト様に説明します。

魔道具の仕組みがわかっても、それを作るには材料の調達は必須。

これはむしろ作る以上に難しい課題かもしれません。

「国内の全魔鉱石をかき集めても全然足りないのか？　それはちょっときついな」

困った顔をして頭をかくオスヴァルト様。

そうなんですよね。私もその点については魔道具を作る方が先決だと思っていたので、後回しにしていたのです。

焦っても仕方ないですし、何年もかけて少しずつ解決するしかないかもしれません。

「ほほう。お困りのようですねぇ。……魔鉱石につきましては、僭越ながらこの私におまかせしていただけないでしょうか」

私たちの会話を聞いていたハリーさんは、一歩前に進みでてきます。

彼はアーツブルグでも有数の商人とのこと。

彼には大量の魔鉱石を手に入れる術があるとでもいうのでしょうか。

「ハリー殿、なにか策があるなら聞かせてもらおうか」

「もちろん、営業させていただきます。なにを隠そう、私はアーツブルグ王国だけでなく大陸中の魔鉱石の仕入れや輸出を一手に請け負っておりまして」

「そうなのか?」

「ええ……つまり必要とあらばいくらでも魔鉱石を工面できる立場なんですねぇ。パルナコルタ王国中にある魔鉱石の量の二倍でしたか? それくらいなら短期間でかき集めてみせますよ?」

まさか魔鉱石も扱っている商人だったとは……。

そうでしたか。どうやら私たちはずっと彼のペースに乗せられていたみたいです。

「ったく、あんたほどの狸を見たのは初めてだ。で、報酬はなんだ? 自由の身になるだけが条件じゃないんだろ?」

「さすがはオスヴァルト殿下。聡明でいらっしゃる」

オスヴァルト様がハリーさんの要領の良さに呆れつつ質問をすると、彼は満足そうにうなずきます。

どうやらオスヴァルト様も彼の企みに気が付いたみたいです。

「あんた、大量の魔鉱石が必要になることを知っていたから部下の解放を先に約束させたな。少しばかり保身よりも部下の身を案じたと感心した自分が馬鹿みたいだぜ」

「おや? 私が部下の安全を先に確保したかったのは、本当に思いやりの心からですよ?」

「どうだかな。大規模な魔道具が必要なのは何となく推測できていたから、交渉をスムーズにするために、まずは容易に約束してくれそうな部下の解放を優先したんじゃないのか?」

オスヴァルト様の推測はおそらく正しい。

あの場面で部下の解放を約束していなければ、今この時点で自分の解放以外の要求を呑んでもらうように交渉するのは、より難しくなっていたでしょう。

「そうですねぇ。確かに、どうせ私は魔鉱石を提供することを条件に自由になれるのは確定しているのだから、焦っていなかったのは事実だったと認めましょうか」

商人として成功しているだけあって、話が上手ですね。

嘘をつかずに情報を小出しにするだけで、オスヴァルト殿下や自分を計算どおりに動かしたのですから。

「要求は何なんだ？」

「そんなに怖い顔をしなくても大丈夫ですよ。私は自分の立場を弁えていますし、商売は良心的だとアーツブルグでも評判なんです」

好感が持てる爽やかな笑顔でハリーさんは、私たちに指を一本立ててみせます。

これは、一体なにを示しているのでしょうか……。

「一割いいですよ。欲は出しません」

「はぁ？」

ハリーさんは人差し指を立ててにこやかに言葉を発すると、オスヴァルト様は首を傾げました。

一割、この数字が示すものというのは――。

「私としてもですねぇ。今後パルナコルタ王家や聖女様に自分の商会を贔屓にしてもらいたいですし、ご迷惑をおかけしましたから、ここは薄利でも構いません。〝月涙花〟の販売で得た純利益の一割で手を打ちましょう！」

純利益の一割。

商売に疎い私にとってそれが多いのか少ないのか、よくわかりません。

しかし、ハリーさんの態度から察するとかなり妥協したというところなのでしょう。

「あ、相場設定や販売は自分のところに任せてほしいですねぇ。パルナコルタにも優秀な商人はいるかもしれませんが、ここは譲りたくありません」

「相場設定、だと？」

「ええ、そうです。きっちり収支報告書を作成してきれいに純利益の九割は〝魔瘴火山地帯〟を領土にしているパルナコルタとジルトニアに納めますよ。ふふふ、助け合いの精神でいきましょう」

子供のように純粋な目をして商売について語るハリーさん。

まるで、自分に商売を任せてくれたら大儲けしてみせると豪語しているみたいです。

それだけの自信が彼にはある。だから商売の話になったとき、こんなにも強気に出られるのだと思います。

「どうです？　国益のために尽力していたという、聖女フィリア様ならこれがどれだけの益を国にもたらすのか分かるのではありませんか？」

「ハリーさんの要求は理解しました。しかし、私個人としてはあの〝月涙花〟を使ってお金を儲けようと考えていませんでしたので」

「はぁ？　儲けを考えていないですって？」

幻の薬草と言われている〝月涙花〟を商売道具にすれば、国庫も潤うのかもしれません。

ただ、私はできるだけ多くの人を救うために役立てたい。そのために爆発を止める方法を考えていましたので、ハリーさんの主張はピンときませんでした。

「いやいや、待ってくださいよ。フィリア様、冷静にお考えください。パルナコルタもジルトニアもお金が必要でしょう？」

「――――っ!?」

ハリーさんにとって予想外の返答だったからなのか、ここにきて初めて少し焦ったような声色になっていました。

事実、彼の主張は正しいです。この国は聖女を買った上に、アスモデウスが暴れた際に大きな被害を受けています。

国庫に余裕がないのは明らかでした……。

私は返答に困ってしまって、オスヴァルト様の方に視線を向けます。

「ハリー殿の申し出、さすがに即答できかねる。ただ、基本的な方針としては俺も〝月涙花〟で商売をするのには積極的になれない」

「おや、オスヴァルト殿下までそのような返答をされますか」

「だが、この件は俺が預かるつもりだ。……ハリー殿の力は是非とも借りたい。互いに歩み寄れるように話し合いをしよう」

結婚して以来、ライハルト殿下を通して行っていた執務のほとんどを自分の裁量で行うようになったオスヴァルト様。

このお話は彼自身が責任を負うつもりみたいです。

それ即ち、ハリーさんにこの件の交渉は全部自分を通すようにと、伝えているにほかなりません。

「やれやれ、どうやら一筋縄ではいかないみたいですねぇ。承知いたしました。オスヴァルト殿下、明日の朝にでももう一度、話し合いませんか？」

「明日か。そうだな……フィリア、新婚旅行中だが、話し合いの時間を作ってもいいか？」

「私は構いません。オスヴァルト様にお任せします」

良かった。

オスヴァルト様の判断なら、私も素直に受け入れられる気がします。

「よし、じゃあ明日だな」

「あの、オスヴァルト様。もう少しだけ遺跡を見たいのですが。よろしいでしょうか？」

「ああ、構わないぞ。俺も一緒に行こう。レオナルド、リーナ、ハリー殿を見張ってくれ」

「かしこまりました」

「は～い。任せてください～！」

馬車の前で控えていたレオナルドさんとリーナさんは力強い返事をして、ハリーさんに意識を向けます。

得体のしれないところのある彼ですが、二人に任せておけば大丈夫でしょう。

彼としても今、逃げ出すのは得策ではないはずですし。

「リックさん、あなたに聞きたいことがあります。一緒に来てくれませんか？」

「えー、はい。なんでも聞いてください。この度はとんだご迷惑を……」

「リック殿の処断は陛下に任せるが、今はフィリアに力を貸してくれ」

「オスヴァルト殿下……。えー、はい。もちろんです」

私とオスヴァルト様はリックさんとともに再び遺跡に向かいました。


「リックさん、塔のある場所の他に、ハリーさんが見たいと言った場所はありませんでしたか？」

「えー、そうですね。斑大岩（まだらおおいわ）と呼ばれている岩を見たいといっていましたです。はい」

「斑大岩……？」

「えー、あー、はい。窪（くぼ）みが無数にある大きな岩でして、それが斑模様に見えることから、えー、そう名付けられたのです。はい」

その斑大岩なるもの、私の予想通りならおそらく……。

とにかく、確認しましょう。

「連れて行ってもらえませんか？」

「あー、えー、はい。もちろん案内します」

大岩のある場所まで私たちはリックさんに案内してもらいます。

もしかしたら、その場所は見逃していたかもしれません。

「あ、あれです。はい。えー、あれが斑大岩です。はい」

リックさんが指し示す先には大きな岩がありました。

これは岩山と言っても差し支えないほど大きいですね。

彼が言ったとおり、大岩には無数の窪みがあります。

「な、何だよこれ。昨日も似たような窪みを見たが数が段違いに多いな……」

驚愕した表情でオスヴァルト様は窪みを観察します。

この無数の窪みから推測されるのは――。

「恐らくですが、ここでは〝魔瘴火山地帯〟と同じような頻度で爆発が発生していたのでしょう」

「――っ!?　こ、これが、か？　昨日見たものとは比べ物にならないじゃないか。やはり、とんでもない場所に行ったんだな」

「その節は申し訳ありませんでした」

「いや、そういうつもりで言ったんじゃない。なんというか、単純にびっくりしただけだ」

口で百を説明するよりも、実際に見せたほうが何倍もはっきりとした情報が伝えられる良い例かもしれません。

オスヴァルト様にも〝魔瘴火山地帯〟の様子がよく伝わったみたいです……。

「石碑の写しには魔道具を、マナを安定させたいポイントの中心に設置する必要があると書いてありました。それがこの遺跡だとここになります」

「なんだと？　それなら、魔道具ができたとして、またあんな危険なところに行くつもりか？」

オスヴァルト様の懸念は当然でしょう。

つまり、あの爆発を止めるには三つの越えるべき壁があるのです。

まず、一つ目は魔道具の設計図を作るという壁。

そして、二つ目はそのために必要な多大な量の材料を得るという壁。

最後に、三つ目は〝魔瘴火山地帯〟の中心部に魔道具を設置するという壁。

「オスヴァルト様、安心してください。危険を冒さなくても良い方法はあるはずです。必ずや考えてみせます」

「そうか。フィリアがそういうのなら信じよう」

私もあんな無茶はもう二度としたくありません。

ですから、安全に設置する方法を考えるつもりです。

今のところ、目処（めど）が立っているのは一つ目の壁――魔道具の設計図の作成のみ。

材料の調達はハリーさんから協力を得るのが一番早いと思いますが、彼も一筋縄ではいかない方でしょうし、簡単ではなさそうです……。

しかし、魔道具の効果はとっくに切れているはずなのに、この辺りのマナは安定していますね。

もしかしたら、一度安定さえさせてしまえばそのままマナは安定し続けるかもしれません。

「そろそろ戻ろうか。レオナルドに見張らせているとはいえ、あまり遅くなってもな」

「そうですね」

「今日は予定どおりこの近くの宿に泊まろう、ヒマリも早ければ明日合流できるだろう」

課題は山積み。

しかし、なにをすれば良いのかどうか……越えるべき壁を把握できているのといないのとでは大違いです。

私たちはレオナルドさんとリーナさんのもとへと戻りました。

◇（ライハルト視点へ）

「……ライハルト殿下。紅茶をご馳走してくださりありがとうございます」

「いえ、あなたは我が国の賓客なのです。むしろこれくらいのもてなししかできなくて、すみません」

グレイスさんを客人として王宮のテラスに招き、紅茶を勧める。

昨日の約束どおり彼女を招いたのだが……。

「――それで、フィリア様ったらわたくしの術を前よりもずっとキレが良くなったと褒めてくださいましたの！　わたくし、もう天にも昇る気持ちでしたわ～！」

見た目からはエリザベスの面影を感じていたが、こうして話をしている姿を見ると性格はまったく違う。

グレイスさんはなんというか、元気で情熱的な人だ。

ひたむきに聖女として成長しようと努力する姿は自然と応援したくなる。

「あ、すみません。わたくしったら、ライハルト殿下の前で自分のお話ばかり……」

「いえ、そんな。楽しく聞かせていただきましたよ。……しかし、フィリアさんに褒められることがとても嬉しいのですね」

おっと、考え事をしてしまったか。

これは私の不徳のいたすところだな……。

しかし、グレイスさんがフィリアさんをこんなにも尊敬しているとは驚いた。

道理で彼女の代わりを務めたいとわざわざやってくるわけだ。

「フィリア様は目標ですし、フィリア様のようになりたくて、わたくしも聖女になりましたの」

「そうなのですね。てっきり、マーティラス家の四姉妹は全員聖女になるように伯爵殿から言いつけられていたものかと」

「いいえ、むしろお姉様たちが全員聖女になりましたから、わたくしは自由にして良いと父からも言われていましたわ」

確かに聖女という人材は多いに越したことはないが、三人も居れば安泰とも言える。

とすると、グレイスさんは自らの意思で努力して、厳しい修行を乗り越えて聖女になったということか。

『エリザベス、君は身体が弱いんだ。いくら魔法の才があっても聖女には……』

『ライハルト様、私の身体が弱いからなんですか？　私は聖女になりたいんです。国を守るために』

いつかの君もそうやって自分の意思で努力していた。

私が無茶をする君を止められなかったのは、そのひたむきな姿が輝いて見えたからだ。

「身体に気を付けてください」

「もちろんですわ。お気遣いありがとうございますの」

彼女は微笑んで、紅茶に口をつける。

いらぬ心配なのはわかっていても、そう口にせずにはいられなかった。

その瞳の輝きが、いつまでも色褪せてほしくなかったから……。

「ライハルト殿下、〝月涙花〟のおかげで〝悪魔の種子〟に打ち勝つことができてよかったですわね」

「えっ？　なぜそれを今言うのですか？」

急に話題が変わったので、私はつい聞き返してしまう。

なにか変な話をしてしまったのだろうか。

「ライハルト殿下がわたくしの身体を心配なさってくれたのは、エリザベスお姉様を想ってのことだと思いますの。ですから、つい――」

少しばかり申し訳なさそうな表情で、そう答えるグレイスさん。

そうか。私はいつまで経っても……。

「はは、正解です。すみません。グレイスさんは別人だと知っているのですが」

「お気になさらないでくださいまし。エリザベスお姉様と似ていると父や叔父も言っていましたし、ライハルト殿下が思い出してしまうのも無理のない話だと思いますわ」

「グレイスさん……」

「月涙花の量産には自分も協力したい――。あら？　ノックの音が聞こえますわ」

来客？　いえ、今日はグレイスさん以外に客はいないはず。

だとすると、これはおそらく――。

「ヒマリ殿が至急ライハルト殿下にご報告があると、面会をご希望です。いかがいたしますか？」

新婚旅行に同行しているヒマリがもう王城に戻ってきたのか。

オスヴァルトが急ぎ向かわせたと言っていたが、こんなに早く到着するとは、さすがは忍者だ。

「グレイスさん、少しお待たせしてもよろしいですか？」

「わたくしは構いませんわ。というより、ヒマリさんがいらっしゃったとなると、フィリア様たちが心配ですの」

「そうですね。……入室を許可します」

私は戻ってきたヒマリを部屋の中に入れる。

遺跡だけでなく、〝魔瘴火山地帯〟にも侵入者がいたという話。

まずは彼女が持ってきたという報告書から目を通すとしよう。

「ヒマリ、ご苦労だった。それが例の報告書か？」

「はっ！　立入禁止危険区域である〝魔瘴火山地帯〟に賊が二名侵入し、その後消息不明となった件の一部始終が記録されておりまする」

ヒマリは丁寧に頭を下げ、私に書状を渡す。

かなりの距離を一晩で駆け抜けたはずなのに、彼女からは疲れを感じない。

元ムラサメ王国の忍者の身体能力には驚かされる。

「――さて、これは一体どう判断すれば良いのか」

遺跡を荒らした侵入者と〝魔瘴火山地帯〟の侵入者。

これらを結びつけるのは安直な発想だろうか。

いや、やはりこの二つの事件は繋がっていると考えるのが自然だろう。

数日で、しかもあの二人の新婚旅行先ばかりに、侵入者が現れたというのは偶然だとは考えにくい。

きっとフィリアさんも、そう考えるはず。

彼女のことだ。新婚旅行で遺跡を巡るようにしたのにも、意味があるのだろう。

おそらく犯人は、彼女の目的と似た目的を持つ者。それならば――。

「んっ？　ブレスレットに通信か。タイミングが良いですね……」

私はブレスレットの宝石を撫でて通話を開始する。

朗報なのか凶報なのか、それとも……。

『兄上、俺だ。オスヴァルトだ』

「わかっている。ちょうどヒマリが到着したが、なにかあったのか？」

『ああ、遺跡と〝魔瘴火山地帯〟に侵入した犯人を捕まえた』

「――っ!?　なるほど、それは予想外の朗報だ。やはり同一人物だったのか」

『まぁ、そうだな。そんなとこだな。……それで、少し変な話になってしまって。実は――』

オスヴァルトの語る変な話は、確かに奇っ怪であった。

その大豪商ハリーなるもの。自らの立場を省みず取り引きを持ちかけたそうだ。

まったく、そんな賊まがいの行為をする商人など捨て置けば良いものを……。

オスヴァルトは自らの責任でハリーとやらと話し合うという。

「まったく、あなたという人は。なにを考えているのか。規則を破った者と交渉などしなくとも――」

『兄上ならそう言うだろうな。だが、俺とフィリアは〝魔瘴火山地帯〟の爆発を止めたいんだ。そのためにはハリー殿の力が必要なのさ』

「あなたの主張を全否定する気はないが、もっとやり方を考えなさい」

『すまない。だが、これが俺の性分だ。それじゃあ、また報告する』

歯切れのよい声とともに通信は切れる。

結局、まだまだオスヴァルトは自覚が足らないみたいだ。

帰ってきたら説教をしなくては……。

「まったく甘い男だ」

ヒマリには先に向かうように指示して、フィリップら騎士数名をオスヴァルトのもとへと向かわせよう。

ハリーという男の人となりはまだわからないが、罪人と話し合いなど言語道断。

なんのためにフィリアさんを守れと念を押したのかわからないではないか。

フィリップにはオスヴァルトがどんなに駄々をこねようとも、必ず罪人を捕えて連れて帰るように言い聞かせねば。

「ヒマリさん、随分と戻るのが早かったですね」

「いえ、予定では朝食前には戻る予定だったのです。どうも体が鈍っているみたいで」

「そうは見えませんが……」

ハリーさんを捕まえた翌日、私たちは宿泊施設の食堂にて朝食を取っていました。

そして食事が終わった頃、ヒマリさんが私たちのもとに戻ってきたのです。

「すまんな、ヒマリ。報告に行ってもらったのに、〝魔瘴火山地帯〟に足を踏み入れた犯人はもう捕まえてしまったんだ」

「存じております。その報告をライハルト殿下にされているとき、私もその場にいましたので」

どうやら、ブレスレットを使ってオスヴァルト様が通信していたときに、側にいたみたいですね。

ともかく、ハリーさんの監視をしているレオナルドさんを含めて、これで全員が揃いました。

「犯人はアーツブルグの商人だと聞き及んでいますが」

「ふふふ～、ただの商人じゃないですよ～。なんとあの大豪商ハリー・フレイヤなんです～！」

「大豪商……？　そんなに有名な――」

「殿下、ハリー殿が話し合いに臨みたいと言っていますが、よろしいでしょうか？」

ヒマリさんが言葉を言い終える前にハリーさんが食堂にきます。

彼は両手を拘束されておりレオナルドさんが監視していました。

さて、話し合いはオスヴァルト様に任せますが、果たしてどうなるでしょう。

「おう。入っていいぞ」

「これはこれは、殿下のご厚意に感謝しつつ、失礼します。この度はわざわざ私のために時間を作っていただきありがとうございます」

ハリーさんが食堂の中に入ってきました。

余裕たっぷりの表情で、笑みを浮かべながら私たちのほうに近付いてきます。

「あ、ヒマリさ～ん。この方です～」

「ヒマリ、だと!?」

「えっ!?」

リーナさんがハリーさんを指差した瞬間、彼は驚愕の表情を浮かべました。

彼だけではなく、ヒマリさんもです。

えっ？　まさか、お二人ともお知り合いなのでしょうか……。

「ま、まさか。ヒマリか……？」

「そ、その声……、あ、あなたはハルヤ？」

声を震わせて、ハリーさんもヒマリさんも顔を見合わせています。

この様子、只事ではありません。

「ヒマリさん、ハリーさんをご存じなんですか？」

「……ハリー？　いえ、この人はそんな名前ではございませぬ。彼の名はハルヤ・フウマ。我がフウマ家の長男にして、私の兄です」

「えっ？　ヒマリさんの兄……？　ええっ!?」

思わず大きな声を出してしまうほどびっくりしました。

だって、ヒマリさんのお兄様は亡くなったと……。

「ほ、本当にヒマリなのか？　い、生きていたのか？」

「はい……、兄上こそよくぞご無事で……」

ハルヤさんは確認するようにジッと彼女を見つめました。

そして、ゆっくりとヒマリさんの手を握りしめます。

「よく生きていてくれた。私は、私は――もうすべてを失ったものだと」

「私もです。私もあのとき……、兄上も、みんなも……すべて……」

これは大変なことです。

お互いがお互いに肉親をすべて失っていると思い込んでいて、実は生きていると判明して――。

しかし妙ですね。ヒマリさんは感極まって涙まで流しているのに、ハルヤさんは驚きこそしましたが彼女を見つめる目は……私やオスヴァルト様を値踏みしていたときと変わらないような気が

……。

いいえ、止めましょう。二人の再会に水を差すような思考は。

「いやー、取り乱してしまいすみませんねぇ。まさか生き別れの妹とこんなところで再会するとは思いませんでしたので」

しばらくすると、ハルヤさんは人当たりの良さそうな笑顔をこちらに向けます。

ヒマリさんの兄ならば、忍者だったはず。

オスヴァルト様が鍛えられた身体だと指摘した理由もわかりました。

「ハリー殿、いやハルヤ殿と呼んだほうが良いか？　ヒマリの兄だったとは驚いた。兄弟姉妹はすべて亡くなったと聞いていたからな」

「どんな呼び方でも結構ですよ。私もヒマリが亡くなっていると先程まで思っておりました。なんせムラサメ王国から出た際、私と違ってヒマリの乗った船は囮として、大陸とは逆方向に進んで行ったと聞いていたのでね」

オスヴァルト様の言葉に返事をして、ハルヤさんは事情を説明し始めました。

ヒマリさんがこの国まで逃げてきた話は先日聞きましたが、ハルヤさんも色々とあったようです。

「私も兄上たちが乗った船はムラサメ王国から一番近いアーツブルグ王国に向かったものの、集中砲火を浴びて撃沈したと聞いておりました」

「ああ、確かに撃沈した。だが、私だけはたまたま近くにいたアーツブルグの漁船に助けられたんだ。そのとき、片目を失ってしまったが、命が助かったのは運が良かった」

「なんと、そうでしたか。ですが、私にはすぐにわかりました。風貌は変われど兄上だと」

サラッとハルヤさんは流しましたが、片目を失っただけでも大変だったと推測できます。

きっと追手から逃げ切るのもヒマリさんと同様に至難を極めたはずです。

「それから、漁船の漁師の紹介で商人のところに居候して働いてね。まぁ、色々とあったが私には商才があったらしい。今じゃ、それなりに大きな商売ができるようになったというわけだ」

サラッと話していますが、かなりの修羅場を潜り抜けているようです。

ハルヤさんから感じた得体のしれない気配の背景は、彼の人生そのものなのだと確信しました。

「ですが、兄上。他国の遺跡や立入禁止区域に無断で侵入とは言語道断。これは許される話ではありませぬ」

「そうだな。私は罪を犯して捕まっている。魔が差してしまったよ」

生き別れの兄と再会した直後とはいえ、ヒマリさんもまた冷静でした。

いえ、少しだけ声が震えています。怒気ではなくショックだったのかもしれません。

せっかくの再会が、このような形になってしまったのですから。

「兄上、これは謝って済む話では――」

「だからさ、ヒマリからも自分の商売が上手く行くように主君を説得してくれないか？　そしたら私も晴れて無罪放免。その上、今よりもさらに大きな財を手に入れられる」

「はぁ？」

ヒマリさんの心配を他所に、悪びれもせず頼み事をするハルヤさん。

そんな彼の顔を見て、彼女は眉間にシワを寄せ、信じられないという表情をします。

こんなにも不快感を顕にしているヒマリさんを見るのは初めてです。

「兄上、殿下の御前でその発言は冗談では済みませぬ」

「冗談だって？　ははは、ヒマリ。私は正直な気持ちを口にしているだけだよ。見たところ、お前は殿下や聖女様と懇意にしているみたいだからね」

「兄上！」

声を荒らげてヒマリさんはハルヤさんに詰め寄ります。

悲哀とも怒りとも取れない複雑な感情が込められたその声を聞いて、私はまた彼女の知らない一面を見たような気がしました。

「フウマ忍者の次期頭目として期待されていたあなたは誰よりも忠義に厚い人だったではありませぬか！　間違っても妹にそんな不埒な頼み事をするような人ではなかったはず！」

どうやら、かつてのハルヤさんという人物は今の彼とはまた違った性格の方だったようです。

ヒマリさんからすると、彼は昔とは別人に見えるのでしょう。

「……忠義？」

彼女の忠義という言葉を復唱し、ハルヤさんは不敵な笑みを浮かべます。

「ああ、お前はそんなものをまだ持っていたんだねぇ。忠義では飯は食えなかったし、何より大切なものも守れなかったじゃないか。だから私たちは離れ離れになっていたんだろ？」

「そ、それは……」

「金はいいぞ、ヒマリ。身を守ることもできるし、裏切らない。忠義っていうのは、あれだな。支配者に都合の良い幻想なのさ」

ここまでつかみどころのなかったハルヤさんという人について、私は少しだけ理解できました。

彼は徹底的な現実主義者なのでしょう。

その背景には、信じていた見えない大切なものが砕かれてしまった過去。

人の心は裏切りや喪失に耐えられるほど強くありません。

それがハルヤさんが、かつてヒマリさんの知る彼と大きく変わってしまった原因なのではないでしょうか。

「兄上！　フウマ一族の誇りを忘れたか！　いい加減に目を覚まさぬと私はあなたを――」

「ヒマリさん、落ち着いてください！　暴力は駄目です！」

感情をむき出しにして、ハルヤさんの胸ぐらを摑むヒマリさん。

私は慌てて、彼女を止めに立ち上がりました。

「フウマ一族の誇り？　そんなもの、とっくに忘れたよ」

「――っ!?」

その言葉に愕然としたのか、大きく目を見開いたヒマリさんはハルヤさんから手を離して、力なくその場に座り込んでしまいました。

きっと、最も聞きたくない言葉を聞いてしまったのでしょう。

彼女の表情が、いつもより弱々しく見えます。

「見たところお前はまた人に仕えるなどという堅苦しい仕事をしているみたいだねぇ」

「……それが、なにか?」

「いや、だからわかるだろ？　肉親である私がこうして無事で成功しているんだ。お前もそんな仕事は辞めてだな、私の商売を手伝え」

「…………」

「店を何軒か任せてやる。なに、直ぐに仕事は覚えられるさ。ヒマリは優秀な子だからな」

まるで駄々っ子に言い聞かせるように優しく、ハルヤさんはヒマリさんに自分を手伝うようにと手を差し伸べました。

彼からするとヒマリさんが話に乗らないのが不思議みたいです。

生き別れた肉親で、お互いに故郷を失った身なのでハルヤさんなりに彼女を気遣っているのでしょうが――。

「兄上……私はあなたが生きていて、嬉しかった……。人生で一番嬉しかったとすら思ったのに

「……悲しいことを言ってくれるな」

「ひ、ヒマリさん？」

フラフラとした足取りで立ち上がるヒマリさんは、悲しそうな表情でハルヤさんを一瞥しました。

「フィリア様、オスヴァルト殿下……。済みませぬ。王城へと往復して少々疲れましたゆえ、休ませていただけませぬか？」

「あ、ああ、それは構わないぞ。ゆっくりしていろ。ご苦労だったな」

オスヴァルト様から許可を得たヒマリさんは、そのまま食堂から出ていきます。

もちろん疲労はあるかと思いますが、それだけが原因でないことは誰もが理解しているはずです。

ですが、今は一人にしたほうがいい。それもまた、誰もがわかっていました。

――ヒマリさんのためになにかできることはないのでしょうか。

私は彼女が出ていったあともしばらく食堂の出口を見つめていました。


「さて、そろそろ話し合いを始めるとしようか。ハルヤ殿」

「いやはや、オスヴァルト殿下は落ち着いていらっしゃる。こちらはお恥ずかしいところをお見せして、動揺しているというのに」

「そうなのか？　そうは見えないが」

ヒマリさんが出ていき、リーナさんがお茶のおかわりを淹れたところで、オスヴァルト様が話を切り出しました。

私はヒマリさんの件で頭がいっぱいでしたが、彼は冷静沈着です。

ハルヤさんがこの場にいる目的を忘れてはいませんでした。

「ふふ、それは買い被っていますよ。……ですが、まずは偽名を使っていた非礼について侘びましょう。私も亡命した身。アーツブルグはムラサメに近いので、本名を名乗るのが憚られましてねぇ」

「ハルヤ殿にもハルヤ殿の事情があるのはさっきの会話で理解したさ。今さらそんな話に言及するつもりはない」

偽名については、私も大した問題ではないと思っています。

むしろハルヤさんにとっては、ハリー・フレイヤという名前こそ第二の人生を象徴する名前かもしれませんし……だからこそオスヴァルト様も不問にしているんですね。

「恐縮です。……オスヴァルト殿下、フィリア様。ヒマリの、妹の面倒を見てくださったようで。この借りはいつか形のあるもので返させてください」

そしてハルヤさんは、頭を下げました。

――形のあるもので返したい。

商人である彼らしい言葉選びです。

「気にするな、ハルヤ殿。再会できて良かったではないか。ヒマリから肉親は全員亡くなったと聞いていたから、嬉しかったぞ」

明るい口調で、安心させるようにオスヴァルト様はハルヤさんに語りかけました。

これは彼の本心でもありますし、私の本心でもあります。

ヒマリさんが天涯孤独でなくて良かった。

あのとき、彼女の境遇を知る者なら誰もがそう思ったでしょう。

「変ですねぇ。ヒマリに仕事を辞めさせようとしたり、忠義よりも金に重きを置いたり、殿下の前で私は随分と失礼な態度をとったのに……どうしてそんな言葉がかけられるのです？」

「そんなにおかしいか？　ハルヤ殿なりに妹を気遣っての提案だろうし、商人としてお金を儲(もう)けようとするのは悪いことではない。何も失礼なことはしていないさ。あんたが、忠義を見放した理由もよくわかるしな」

ハルヤさんは疑問に思うのでしょうが、オスヴァルト様はこういう方なのです。

きっと、ヒマリさんが兄であるハルヤさんに付いて行きたいと言っても止めないでしょう。

誰よりも、慈悲深く、お優しい方ですから。ですが……。

――ヒマリさんがハルヤさんのもとに行く？

胸が痛いです。どういうわけか、それを想像すると胸が締め付けられるような気持ちになります。

「殿下が理解がある方で感謝します。できれば、私の提案も一緒に呑(の)み込んでくださると嬉しいんですがねぇ」

「ははは、それは無理な相談だ。俺やフィリアにも譲れない信念ってものがある。だから今から話し合うんだろ？」

それでもオスヴァルト様は無制限に寛大というわけではありません。

私の想いも汲んで、簡単に意思は曲げぬとはっきり主張します。

そのための話し合い……。昨日から感じていましたが、これは中々難航しそうです。

「ふぅ、実は困っているんですよ。私は交渉ごとが得意で王族でも自分のペースで話を上手くまとめられる自信があったのです。しかし――」

肩をすくめながら、ハルヤさんはゆっくりとオスヴァルト様を見据えました。

「オスヴァルト殿下のようなタイプは初めてですねぇ。正直言ってやりにくいですよ」

「やりにくい、だと？」

「ええ、殿下は欲がありません。欲があればそのスキにつけ込めるのですが、それはできそうにない。その上、精神力が鉄壁と言えるほど強いときた。お手上げです」

戯けたような口調で両手を上げるハルヤさん。

だからといって彼も引く気はないでしょう。

弱みを見せても、私はハルヤさんを侮りませんし、なによりオスヴァルト様も――。

「俺はハルヤ殿こそ隙が見当たらない人間だと思っているけどな」

「ほう。……しかし、私など隙だらけですよ。なんせ、拘束中の身。殿下の裁量次第で死罪にすらできるのですから」

「脅しが効くようなタイプじゃないだろ？」

「それはどうでしょう？　保身のために案外なんでも言うことを聞くかもしれませんよ」

どこまで本音でどこまで虚言なのか。

本来なら、遺跡に侵入した時点で重罪。

もともと自分が捕まる可能性も想定して、自らを売り込み王族すらも味方に引き込む算段をつけていたのでしょう。

それが通じなかったのは彼としても計算外だったはず。

脅しをチラつかせるやり方をオスヴァルト様が決してしないということを読んでの発言なのか、それとも……。

「オスヴァルト様、ハルヤさんは――」

「ああ、わかっている。俺もハルヤ殿をさっきから観察していたからな。この男は一筋縄じゃいかない」

「…………」

「ヒマリと再会できて嬉しいという言葉以上に、金は裏切らないという言葉がハルヤ殿の本音に聞こえたからな。拝金主義っていうのは、この男の信念なんだろう」

オスヴァルト様の言うとおり、ハルヤさんのお金への信頼とも言える感情は並々ならぬもののようでした。

信念……。聖女としては金欲は忌むべきものですが、それは聖職者としての価値観。

ハルヤさんの心をそれが支えているのなら、拝金主義も立派な信念だと言えるでしょう。

「ま、逆に言えば他の言葉は嘘でないだけで、どうも薄っぺらい。ハルヤ殿自身、どうでも良いと思っているという節があるんじゃないか？」

今でも時々思います。

オスヴァルト様は不思議な方だと。

いつの間にか、心の奥底までも見透かされたような感覚になることがあります。

その正体が何なのか、未だにわかりません。

「オスヴァルト殿下、どうもあなたと話すとペースが乱れて仕方ないですねぇ。とても、昨日知り合ったばかりの人だとは思えなくなるんですよ」

「んっ？　そうか？」

「ええ、王族という人種はどこか浮世離れしていて、平民の思考には疎いところがあります。しかし、あなたはその逆。誰よりも、他人の懐に入り込むのがお上手です。あなた、本当に王族ですか？」

ハルヤさんもまた、オスヴァルト様のすぐに相手の本質を摑んでしまう気質に驚いているみたいです。

「ははは、王族らしくないとは言われるな。兄上からは特に自覚を持てと叱られている」

「いえ、私が話しているのはもっと殿下の人間性の深い部分なのですが……」

このように、オスヴァルト様はいつも陽気に振る舞っています。

しかし、気付けば実によく人のことを観察しているのです。

オスヴァルト様と出会って間もないころ、故郷のミアを心の内で案じていたことがありました。

声には出していません。おそらく表情にもあまり出していなかったはず。

なのにオスヴァルト様は、まるで会話をしていたかのように私に歩み寄り、相談に乗ってくれました。

あのとき、ミアに手紙を出せたのは彼の優しい後押しがあったからです。

「オスヴァルト殿下、あなたは実に敏感に相手の感情を察知していますねぇ。だから今も私の心に踏み込もうとしている」

「踏み込むって、別にそんな気はないがな。……ただ、あんたについてよく知らなきゃ、交渉なんてできないだろ?」

「なら、もういいでしょう。私は儲からない話には乗りませんよ。それに――」

「そこまでだ！　ハリー・フレイヤ！」

「「――っ!?」」

その時、食堂の扉が開いてフィリップさんが現れます。

その後ろには、パルナコルタ騎士団の面々が十名ほど控えていました。

全員、槍を構えており、臨戦態勢です。

「ライハルト殿下の命によってハリー・フレイヤを拘束する！」

「おい、フィリップ！　ちょっと待て！　交渉中だぞ！」

困りましたね。いくら彼が待ったをかけても、命令を出したのがライハルト殿下となると……。

この展開はオスヴァルト様にとっても予想外だったらしく、フィリップさんたちに抗議します。

「オスヴァルト殿下、ご無礼をお許しください！　残念ながら、遺跡荒らしの主犯及び危険地帯への侵入幇助は無罪にできないというのがライハルト殿下の見解なのです！」

申し訳なさそうな顔をしつつ、フィリップさんは大きな声でライハルト殿下の下した結論を口にします。

当然といえば当然の判断。

ライハルト殿下は厳格なお人柄です。ハルヤさんを許すという選択肢はないのでしょう。

それを知っていたからこそ、オスヴァルト様もこの場は自分の裁量で判断すると主張したのです。

「なるほど、なるほど。第一王子殿下はあなたとは逆に規律を重んじる方でしたか」

「ハリー・フレイヤとやら、素直に従えば手荒な真似はしない。大人しく手を上げろ」

フィリップさんは厳しい顔つきで、ゆっくりと彼に近付きます。

「さて、どうしたものか」

「フィリップ殿！　迂闊に近づいてはなりませぬ！」

「――っ!?」

そのとき、ヒマリさんの声が部屋の外から聞こえました。

「おや、ヒマリ」

「兄上、妙な真似はお止めください」

ハルヤさんの腕にクナイが刺さり、彼は彼女に視線を向けます。

どうやら彼女はそれでも彼が気になり、ずっと近くにいたようです。

「懐をあらためさせていただきます」

ヒマリさんはハルヤさんに近付き、彼の胸元を探ります。

どうやら、なにか使おうとしていたみたいです。

「やはり、煙玉。目くらましをして逃げるおつもりでしたか」

「いつの間に私の背後に？　腕を上げましたねぇ」

「兄上の腕が鈍ったのです」

「これは、手厳しい。……ヒマリに背後を取られ、前方には歴代最高の聖女。そしてパルナコルタ騎士団の面々。オスヴァルト殿下やその従者のお二人も相当の手練れだとお見受けする。さすがにこの場から逃げるのは割が合いませんねぇ」

両手を上げて降参したハルヤさんはフィリップさんにより拘束されました。

どうやらライハルト殿下は罪人としてハルヤさんを裁くつもりのようです。

それにしても随分とあっさり諦めたような……。

思慮深い方ですし、こういった状況も想定内だったと思うのですが、どうも腑に落ちません。

「フィリップ、この人は私の兄だ。パルナコルタの法律は知っている。私も拘束してくれ」

「――っ!? しょ、承知した！」

「えっ？」

なんで、ヒマリさんまで拘束されなくてはならないのですか？

パルナコルタ王国の法律。ま、まさか――。

「オスヴァルト様、ヒマリさんのような亡命者の扱いというのは」

「残念ながら国外の者と同じ扱いだ。そして、フィリアも知っていると思うがパルナコルタでは国外の者が法律に違反し、罪人になると……連座してパルナコルタ王国領土内にいる親兄弟も同じ罪を被る。これは国外の者の犯罪が多かったときにできた法律だ」

「そ、そんな、ではヒマリさんはハルヤさんと再会をしたからこそ――」

「裁かれる。ハリー・フレイヤのまま、ヒマリと再会しなかったら、フィリアの想像どおりお咎めなしだったはずだ。俺も見通しが甘かった……兄上が俺の話を無視してまでハルヤ殿を拘束しようとするとは」

この国の法律のすべてを把握しているわけではありませんが、これはジルトニアにはなかった法律なので印象に残っていました。

まさか、なにもしていないヒマリさんがハルヤさんと同等の罪を背負うだなんて。

そんな理不尽な話、見過ごすわけにはいきません。

「ヒマリさんの免罪をお願いしましょう」

「そうだな。兄上に俺から頼めば……」

「お止めくだされ！　フィリア様、オスヴァルト殿下。私の兄の失態は私の失態。パルナコルタの法律がなくとも腹を切って詫びているところです。どうか慈悲はかけないでいただきたい！」

なぜ、そこまでしてヒマリさんがハルヤさんとともに罪を被ろうとするのか、私にはわかりません。

いいえ、あり得ない話ですが、もしもミアが罪を犯して、オスヴァルト様やライハルト殿下に迷惑をかけてしまったならばどうでしょう。

そうなったら私も家族として責任を取りたいと嘆願するかもしれません。

「ヒマリ、なにもお前が私とともに罪を被らずともよかろう。フィリア様や殿下を頼りなさい。私に巻き込まれるのは馬鹿げている」

「馬鹿は兄上でございまする。目先の欲に走り、仁義を忘れておられるのですから」

「かもしれないな。だが、それならば尚更このような馬鹿と運命をともにしなくても良いではないか」

妹が自分と同じく罪を被る。

ハルヤさんとて、それは本意ではないのでしょう。

明らかにヒマリさんを突き放そうとしています。

「いえ、私は兄上と運命をともにいたしまする。あなたとの縁は切れません。たとえ、どんな馬鹿でも私は兄であるあなたから逃げません」

ヒマリさんは自分の意志をはっきりと主張しました。

彼女のその目は澄みきっており、迷いを一切感じません。

――ヒマリさんの気持ちを尊重すべきなのかどうか。

私にはわかりません。なにもしていない彼女が罪を負うなど、あってはならない理不尽。

そのはずなのに……それを止めたら彼女の繋がりを断ち切ってしまうのではないか。

なぜ、私は迷ってしまっているのでしょうか。

「オスヴァルト殿下、フィリア様。……今までお世話になりました。この不始末の責任、必ずや取りますゆえ」

頭を下げ、ヒマリさんはハルヤさんとともにフィリップさんに連れて行かれました。

どうして私は止められなかったのでしょう。

どうして私はこの場に立ち尽くしているのでしょう。

どうして私は――。

「フィリア、大丈夫か？」

「だ、大丈夫なはずがありません！　ヒマリさんが、ヒマリさんが、どうしてこのような目に遭わねばならないのですか⁉」

「…………」

気遣いの言葉をかけてくれたオスヴァルト様。

なのに、私は動揺したせいで、大きな声を出してしまいます。

「……すみません。オスヴァルト様にそんな話をしても意味はありませんのに」

「いや、フィリアは正しい。さっき動けなかったのもヒマリの心の内がわかったからだろう」

「ですが、オスヴァルト様……」

「どちらにしろ、もう新婚旅行どころではないな。一度、王都に戻ろう。罪状が決まるまで時間がある。それまでになんとか、最善の……いや後悔しない道を考えよう」

思いの外、オスヴァルト様は冷静に見えました。

いえ、よく見ると握りしめられた拳が震えています。

この状況で平気でいられるはずがない。

でも、だからこそ今は感情に流されずに……オスヴァルト様の仰る(おっしゃ)とおり後悔しない道を探るべきですね。

◆

「移動中に逃げ出した、だと？」

王都に戻り、ライハルト殿下と交渉しようと王宮に向かった私たちでしたが、最初に聞いたのはハルヤさん逃亡の事実でした。

「申し訳ありませぬ！　手足を拘束し、見張りも付けていたにもかかわらず、この体たらく！」

騎士団長のフィリップさんは深々と頭を下げて、顔を上げません。

きっと自分の不甲斐なさを嘆いているのでしょう。

「拘束された男一人に見張りが昏倒させられるとは謝罪の言葉も見つかりません！　無念であります！」

「頭を上げてくれ。で、ヒマリはどうしている？」

「ひ、ヒマリ殿は拘束されたまま、その場に残っていました！　共に逃げようと唆され、拒否すると一人で逃げてしまったようです！　その際に彼女は声を上げて他の騎士たちを呼びましたが、ことごとくあの男一人に倒されてしまい……！」

そういうことでしたか。

やはりハルヤさんは一筋縄ではいかない人でした。

つまりあの場で「割に合わない」と発言したのは――拘束されて移動しているときのほうが逃亡しやすいと判断したから。

私やヒマリさんたちに加えて騎士団の方々が揃っているときに強硬手段に出ても、捕まる上にさらに警戒されるというリスクも背負うと読んだのでしょう。

「これは相手の方が上手だったな」

「ええ、そのようですね。……それでフィリップさん、ヒマリさんはどうしていますか？」

「そ、それは……」

私の質問にフィリップさんはどうも気まずそうな顔をしています。

やはり、容赦はしてくれませんでしたか。

「ヒマリ殿はライハルト殿下の命令で再び拘束され、投獄されております！」

「そうですか」

「殿下にお会いになりますか!?」

「もちろんだ。俺たちはそのためにここに来た」

私とオスヴァルト様は顔を見合わせてうなずき合いました。

ヒマリさんをこのまま放っておくわけにはいきません。

そして、ハルヤさんを逃がしたままにするわけにもいきません。

おせっかい――そうヒマリさんには思われるかもしれませんが、私を大切に想ってくれる彼女は同様に私にとっても大事な人です。

たとえ、彼女にとって要らない世話と思われようとも、私は後悔しない道を選びたい。

「オスヴァルトだ。フィリアもいる。入ってもいいか？」

ライハルト殿下の執務室をノックするオスヴァルト様。

殿下の了承を得て、私たちは部屋の中に入りました。

「お帰りなさい。……お土産話をしてくれる、という雰囲気ではありませんね。フィリアさん、そしてオスヴァルト。どうぞ、かけてください」

私たちの顔を見るなり、ライハルト殿下は立ち上がりソファーにかけるように促します。

――すべてを察しているという表情ですね。

いつも穏やかな殿下ですが、このようなときは目つきが鋭くなります。

これは一筋縄ではいかないでしょう。

「ライハルト殿下、ヒマリさんを解放してください」

「構いませんよ」

「えっ？」

思いの外、あっさりとヒマリさんの解放を承諾してくださったライハルト殿下。

私は呆気（あっけ）に取られてしまいました。

「二人の従者が不祥事とはいかにも体裁が悪い。幸い、ハルヤ・フウマとやらはハリー・フレイヤという偽名で活動しています。騎士団の一部に口止めさえしておけば、ハリーを罰するだけで済みます」

「てことは、つまりヒマリが生き別れた兄と再会したという事実をなかったことにしろって言うのか？」

「そうだ。それで晴れてヒマリは無罪放免。あなたたちの体裁も保たれる」

さすがはライハルト殿下だと私は感嘆しました。

殿下の提案は理に適っている。

そして、以前よりも柔軟になっています。

規律を重んじるライハルト殿下が、「口止め」という言葉を使うなど、本来なら考えられない話です。

——私たちの気持ちを考えてくださっている。

殿下の中で落とし所を作ってくださっているのです。ですが——。

「ヒマリさんはずっと肉親をすべて失ったと思って過ごしていました。そんな彼女がお兄様と再会できたとき……本当に嬉しそうな顔をしたんです。きっとヒマリさんはもう一度お兄様を失うのは耐えられないはずです」

ヒマリさんは失う悲しみを知っています。

彼女の心の痛みがどれほどなのか想像できませんが、二度も味わいたくないはずです。

「フィリアさんの仰るとおりかも、しれませんね。彼女の気持ちはわかります」

「そ、それなら……」

「しかし、ハリーにしろ、ハルヤにしろ、どちらにしても彼を罰するのは決定事項です」

ライハルト殿下はヒマリさんの気持ちに一定の理解を示しながら、首を横に振りました。

「つまりですね。ヒマリには兄とともに罰せられるか、兄とは赤の他人となり罰を逃れるか、二つしか選択肢はありません」

「そんな！」

「兄上！　それはあまりにも酷すぎるんじゃないか!?　ヒマリに兄を赤の他人として見捨てるかどうか選ばせるつもりか！」

オスヴァルト様は立ち上がり殿下に抗議します。

彼の仰るとおり、それは残酷な選択。

そして、おそらくヒマリさんはハルヤさんと他人になる選択はしない。

これは彼女の家族を想う気持ちを目の当たりにした私の勘にすぎませんが、確信しています。

「座りなさい、オスヴァルト」

「兄上！」

「座りなさい!!」

「――っ!? わ、わかったよ」

ライハルト殿下に一喝され、オスヴァルト様は再び腰掛けました。

この迫力。殿下が大きく見えます……。

――国を背負っているからなのでしょうか。

「オスヴァルト、新婚旅行に行く前に告げた私の忠告を覚えていますか？」

「……他国の者からフィリアを守れ、という話か？」

「そうだ。そして下手をすれば他国と争うかもしれない緊迫した状況になるかもしれない、とも伝えたはず」

陛下との謁見のあと、オスヴァルト様はライハルト殿下と二人で話をしていました。

おそらく、ライハルト殿下の忠告とはそのときになされたのだと思いますが、他国の人間が私を狙っている話だったとは……。

「今回、本来ならお前の裁量に任せて良い場面で口を挟んだのは、ハリー・フレイヤが他国の人間だから。もしも彼が悪意を持ってフィリアさんに近付く連中の仲間ならどうする？　お前は彼と話し合うなどと甘い考えをしていたみたいだが……」

「そ、それは……あの男は確かに感心できないところもあるが、そんなに悪いやつじゃないような気がして」

「論外だな。まったく理解に苦しむ」

他国の人間が私を狙っている背景については、まだわかりませんが、ライハルト殿下がハルヤさんを捕まえる指示を素早く出した理由はわかりました。

ヒマリさんの気持ちをわかっていながら彼を罰することにこだわった理由も……。

――全部、この国と私のためだったんですね。

「とにかく、話はこれで終わりだ。ヒマリにどちらの選択をするのか、お前やフィリアさんにさせるのも酷だろう。それくらいは私が代わりにしてやってもいい」

「待ってください！」

大きな声を出してしまった。

ここで、引き下がると一生後悔すると思ったから。

なんとしてでもヒマリさんを再び悲しませるようなことがあってはなりません。

彼女は命懸けで私の大事な人(ミア)を守ってくれた。

私を大事に想って、ずっと見守ってくれている。

ここで彼女の心を見捨てるような真似は絶対にできません。

「つい先日を思い出しますよ。フィリアさん、二度目はないです。〝魔瘴火山地帯〟に向かう許可を出したのは今でも正しいとは思っていません。私が私の信念を曲げるのはあれが最後だったと思ってください」

「承知しております。……今回は私の理の部分でライハルト殿下を納得させてみせます」

「理、ですか。……わかりました。歴代最高の聖女、他ならぬフィリアさんの語る理です。あなたの聡明さに私が及ぶべくもない。聞く価値はありますね」

理という言葉を聞いて、ライハルト殿下は一瞬だけ目を丸くして、微笑みます。

あのとき私は自分を押し通し、死地へと踏み込みました。

一人のフィリアという人間としてそれでもあのときの行動には後悔はありません。

ですが、私は聖女として、国を想わなくてはならぬ身。

その点を考慮すると軽率だったと言わざるを得ません。

だからこそ、今回はライハルト殿下を納得させなくてはならない。

彼の王族として国を守るという覚悟を、最大限に尊重した上で、私の理屈をぶつけるしかありません。

「ライハルト殿下、ここはオスヴァルト様の裁量に任せていただけませんか？」

「オスヴァルトに？　それがフィリアさんの理ですか？　ならば却下です。弟の甘さはこの一件には不向きだと判断しましたから」

私の理屈はこれ一本。他にはありません。

しかし、ライハルト殿下の返答は想定内です。

「ハルヤさんの起こした騒動は確かに看過できません。オスヴァルト様がお優しい方というのも事実。ですが、だからといってこの件に不向きだとは限りません」

「ふむ……。ならばフィリアさんはオスヴァルトなら私よりも上手く国のために働けると、そう仰るのです？」

「はい！　オスヴァルト様に任せていただければ万事上手くいきます！」

「フィリア……」

私はオスヴァルト様を信じています。

彼ならきっと私やライハルト殿下にできないことをしてくれる。

それはこの国に来てからずっと間近でオスヴァルト様を見続けていた私にはわかります。

「フィリアさんがただの惚気話をするはずがない。信頼しているからこそ、敢えて聞きましょう。……根拠を仰ってください。オスヴァルトをそこまで推す根拠を」

「それはきっとライハルト殿下もわかっているかと」

「どういう意味です？」

私がオスヴァルト様と出会ったのは一年と少し前。

ライハルト殿下は彼が生まれてからずっと自分の弟を見てきたはずです。

「オスヴァルト様には人の心を開かせる不思議な力があります。気付けばこの方を信じたいと思わせる不思議な力が。優しすぎる面があるのは事実ですが、きっとハルヤさんの閉じられた心を開いてみせます」

初めて会ったとき、いつの間にか安心していた自分がいました。

オスヴァルト様の笑顔が温かくて、彼の側が居心地良くて、気付けば隣に居たいと望むようになっていました。

彼の前では聖女ではなく、一人の人間になってしまう。

どんな人間を前にしても決して偏った視点ではなく真っ直ぐ見つめてくれるのは、オスヴァルト様の最大の美徳でしょう。

「そうですね。仰るとおりオスヴァルトには人間的な魅力がある。ですが、ハルヤさんが弟に心を開いたとて、それがなんだというのです？」

「ハルヤさんはパルナコルタ王国に益をもたらし得る人材です。オスヴァルト様ならきっと彼と上手く協力し合って、この国をさらに発展させてくれるはずです」

ハルヤ・フウマさんは贔屓目なく優秀な方でした。

すべての価値観をお金中心に据えている危うさはありますが、失うには惜しい人材です。

「つまりハリー、いえハルヤ・フウマには利用する価値があるから生かせと。私には無理でもオスヴァルトなら御しうる。そう主張されているわけですね」

「仰るとおりです」

私の主張をこれだけの説明で完全に理解してくださったのは、ライハルト殿下もまた理屈で考えてくれるタイプの人間だからでしょう。

しばらく殿下は無言で腕を組んでいました。

「……ハルヤ・フウマの目的は〝月涙花〟でしたか？　他国との取り引きや交渉材料にも使えますし、大量の〝月涙花〟が手に入るのは魅力的な話だとは感じていました。しかし他国の者で、しかも罪人を使うリスクは大きい。総合的に判断して彼を処罰すると決めましたが……フィリアさんはそれでも国益を損なう行為だと仰るつもりですか？」

「はい。ライハルト殿下、オスヴァルト様の力を、ご自身の弟の力を信じてください。国を想うなら、それが最善手だと私は主張します」

ヒマリさんと再会したときですら、ハルヤさんはどこか彼女を値踏みするような表情をしていました。

しかし、その後……オスヴァルト様と会話をしていくうちに徐々に彼の心が開き始めたような、そんな気がしたのです。

「……オスヴァルトを信じろ、ですか。それは理屈ではなくて、フィリアさんの感情に由来する主張では？」

「私も人ですから感情を排除した考えを述べるのは難しいです。しかし、根拠なく論じているわけではありません。オスヴァルト様と出会ってから共に過ごした時間からの経験則です。ライハルト殿下、真に国益を望むのでしたら夫に機会をお与えください」

「真に国益を、ですか……」

これで私の主張は終わりです。

ここで、ライハルト殿下からお許しを得られなかったら打つ手がありません。

殿下が口を開くまで、私はなにかを言いたいのを堪えて待ちました。

「……オスヴァルト、お前も過大評価されたものだな。悪いが私にはそれほどお前を信じられない」

「あ、兄上、俺は――」

「だが、私はフィリアさんを信じている。お前よりも、そして私自身よりも、ずっとな」

相変わらずオスヴァルト様への視線は厳しい。

ですが、その語気はこの部屋に入ってから最も柔らかくなっています。

「一度だけ、お前にすべてを委ねよう。……オスヴァルト、お前の人を見る目とやらが本当に国益を生み出すのであれば、この兄に見せてみろ」

「兄上……!? そ、それって、俺に」

「そこまで察しが悪いようではフィリアさんに恥をかかせるぞ。彼女にここまで言わせたのだ。王子である前に、彼女の夫として、期待に応えなくてどうする？」

ライハルト殿下が微笑みかけた瞬間、今度はオスヴァルト様の表情が険しくなりました。

大きな責任を課せられた重圧。

ここで、彼が選択を誤り下手を打てばすべてが悪い方向に流れる。

オスヴァルト様、それでも信じております。

私にはあなたを信じる以外の選択肢が見つかりませんでした。

あなたなら、きっとハルヤさんの胸の内の闇とも向かい合えるはずです。

「任せてくれ。フィリアがここまで兄上に言ってくれたんだ。きちんと責任は果たすさ」

「当たり前だ。……取り急ぎ、ハリーいやハルヤ・フウマを捕らえよ。その後も含めてお手並みを拝見させてもらう」

事務的な口調でオスヴァルト様に指示を出すライハルト殿下。

ハルヤさんを捕らえるやり方も彼に委ねているようです。

「わかった。って、そうか。ハルヤ殿は逃げたんだったな。見つけるためには——兄上、ヒマリは釈放するぞ。あいつの力が必要だ」

「好きにするといい。この一件に限り、私はお前に全権を与えたのだ。もう口は挟まないよ」

なにかを思いついたような表情をして、オスヴァルト様はヒマリさんを解放すると宣言しました。

これで、彼女の遺恨がなくなるというわけではないですが、一歩前進できそうです。

◇（ヒマリ視点へ）

どうしてこうなってしまったのだろう。

ハルヤ・フウマという忍者は誰よりも忠義に厚い人であったのに。

父上の、母上の、殿の期待を一身に背負い……技を磨く兄上の背中を追いかけたからこそ私の今があった。

オスヴァルト殿下、そしてフィリア様。新たな主君を守る力を得られたのは間違いなくハルヤのおかげであったのだ。

『金はいいぞ、ヒマリ。身を守ることもできるし、裏切らない。忠義っていうのは、あれだな。支配者に都合の良い幻想なのさ』

あのときの兄上の顔は私の知っている彼とはかけ離れていた。

なによりも残念なのは、そこに嘘偽りを一切感じなかったことだ。

兄上は本当に忠義という心を見失っていた。

私が、兄上から教えていただいた大切な宝物なのに――。

『戦場(いくさば)で亡くなったフウマ家の者は数知れず。だが、見るが良いあの叔父上の顔を。穏やかな顔をしているだろう』

大きな内乱の中、私たちの叔父は主君を庇い亡くなった。

兄上はまだ幼かった私に叔父上の亡骸を見せて語ったのだ。

『私の死に顔もこうありたいものだ。主君のために死ねるなど、忠義に生きた者としてこれ以上の幸福はない』

涙を見せず、拳を震わせながら兄上は私にムラサメの忍者としての生き方を教えてくれた。

技を磨くのは己のためではない。

己が命を賭してでも守りたいもののために、フウマ一族の誇りのために。

毎日のように身体を傷だらけにして、兄弟姉妹の誰よりも厳しい鍛錬を積んだハルヤは、次期当主として間違いなく名を揚げるだろうと私は確信していた。

『ヒマリ！　まずは私が大きな船でアーツブルグ方面へと向かう！　お前は少し遅れて南へと逃げろ！』

『そ、それでは兄上が追手の集中砲火に！　私もお供いたします！』

『うつけ者！　お前が居れば足手まといになるのは確実！　助かるものも助からぬ！　未熟者にはその小舟がお似合いだ！』

あのとき、兄上は私を無理やり小舟に乗せてアーツブルグとまったく違う方向へと逃げるように指示した。

彼は私を生かすために囮役を買ってでたのだ。

すでに我ら以外の兄弟姉妹はすべて逃げ遅れて殺されており、ともに船で逃げようとした矢先の話であった。

『ヒマリ、なにがあっても生きるんだ。お前は死んではならぬ。私に一人くらいは大切な人を守らせてくれ』

それは最期だと思っていた言葉。

兄上が生かしてくれたこの命。兄上のために使うのなら惜しくない。

別人のように変わってしまっても私にとってはたった一人の肉親なのだ。

――この縁だけは誰にも切れぬ。

最期に良い主君を持てた私は果報者だ。

オスヴァルト・パルナコルタ殿下はムラサメの武人にも似た一本気で筋の通った尊敬すべき主君であった。

フィリア様は私の価値観が変わってしまうほど、純粋で気高く、そしてどこまでも聖女であった。

これほどの人物は歴史上にそう何人もいない傑物だろう。

そんな素晴らしい主君を二人も私は――。

もう、思い残すことはなにもございませぬ。

私はフウマ一族として唯一の肉親と運命をともにします。

「オスヴァルト殿下、フィリア様……」

目をつむれば幸せそうな二人が並んで歩いている様子が浮かぶ。

——どうか、末永くお幸せに。

「ヒマリ、釈放だ」

「オスヴァルト殿下！　わ、私は兄が不祥事を起こした罪人ゆえ、出るわけにはいきませぬ」

ヒマリさんが捕らえられている牢獄(ろうごく)に足を運んだ私たちですが、予想通り彼女は出ようとしませんでした。

責任感が強い人です。出られないという彼女の気持ちもわかります。

「兄上よりこの一件は俺が預かることになった。お前はまだ罪人じゃないし、ハルヤ殿も俺が説得してなんとかする」

「……だとしても、兄が罪を犯したのは事実。お二人の顔に泥を塗った私は罰を受けねばなりません」

「ヒマリ、そう言うな。ハルヤ殿を見つける手助けをしてほしいんだ。早くあいつを捕まえて、取り返しがつかない事態にさせないために。今ならまだ間に合う」

「同じ忍者なら、なにかわかるかもしれません。どうですか？　ヒマリさん」

ハルヤさんはヒマリさんと同じく忍者の技を極めている。

ならば、彼を捜すに当たって同じく忍者であるヒマリさん以上に力になる人材はいません。

「オスヴァルト殿下、フィリア様、私には合わせる顔がありませぬ。……あのとき兄を説得するところか、目の前で逃げられ、どうすることもできなかったのですから」

私たちが呼びかけてもヒマリさんはうつむいたまま顔を上げません。

やはり近くにいてハルヤさんに、逃げられてしまったことを気にしているのですね。

「ヒマリさんが責任を感じる必要はないですよ。あのときは王城へ往復したばかりでしたし、体力的にも……」

「しかし、私は――」

「ヒマリだけが頼りなんだ。なにかヒントがあるならば教えてくれ」

「お、お二人とも……、こんな私などに」

ヒマリさんが気に病むのもわかります。

責任感が強い方ですから。

ですが、彼女には申し訳ありませんが、ここで悩んでもらっては困るのです。

――ヒマリさん自身のためにも。

「ヒマリさん、こんな私だなんて寂しいじゃないですか。私はあなたが傍(そば)にいて救われています。だから、力を貸してほしいんです」

「フィリア、様？」

「ヒマリさんは私の大事な家族を守ってくれました。私はあなたを失いたくはありません。私にとって、ヒマリさんもまた大事な人ですから」

つたない言葉になってしまいましたが、これが私の本音です。

私には大切な人が沢山いる。

誰一人として悲しませたくない。

「……兄上、いえハルヤはあのとき、歯に仕込んでいた煙玉を使って逃亡しました。フウマ一族が作り出した煙玉は目くらましには有効ですが、独特の臭いがします。常人には無理でも私なら現場から臭いを辿れるやもしれませぬ」

「ヒマリさん！」

「ヒマリ！」

ヒマリさんは強い光を目に宿らせて、ハルヤさんの足取りを摑むための手かがりを語りました。

煙玉の臭いですか。それは騎士団の方々ではとても追えませんね。

忍者であるヒマリさんだからこそ、可能な方法です。

「よし、ヒマリ。……お前に先陣を任せる。ハルヤが逃げたという現場から臭いとやらを探ってみてくれ」

「はっ！　おまかせください！」

オスヴァルト様はヒマリさんに指示を出します。

どうやら彼女を先頭にして追跡するようですね。

――ヒマリさんは私とミアを助けてくれました。

せっかく再会できた兄妹をこのままにしておくわけにはいきません。

私たちはハルヤさんを追いかけるために、王宮を出ました。

◆

「こちらです。煙の香りが薄くなっていますが、間違いありません」

ヒマリさんが示した方向は王都の外れの山道。

大破邪魔法陣を展開する前は、魔物の活動が活発だった区域なので、未(いま)だに人気(ひとけ)がない場所です。

薄暗い森林地帯を私たちは、ヒマリさんの先導のもと早足で進みます。

後ろにはオスヴァルト様やフィリップさんたち騎士団員も数名控えていました。

「それにしても、すごいですね。私にはまったく臭いなど感じません」

「忍者はあらゆる変化に敏感でなくてはならないので、五感を鍛えます。嗅覚も例外ではございませぬ」

「なるほど」

簡単に鍛えたなどと言っていますが、血の滲むような鍛錬が必要だったはず。

ハルヤさんもまたヒマリさん以上の忍者だったと聞いていますから、その力は油断ならないでしょう。

「ぬぅっ！　あそこに山小屋がありますぞ！」

山道を抜けた先に見えたのは、小高い丘の上にある、あまり手入れをされてなさそうな小屋。

フィリップさんたち騎士団の面々も含めて、私たちに緊張が走ります。

「おそらく兄、いえハルヤはあの中でしょう」

「うーむ。思ったよりも遠くまで逃げていなかったんだな。臭いで逃げた方向がわかっても、簡単に追いつけるとは思っていなかったんだが」

「きっとヒマリ殿が追跡してくるとは思わなかったのでしょうな！」

オスヴァルト様の仰るとおり、まさかこんなに早く逃げ込んだであろう山小屋を発見できると思っていませんでした。

ヒントだけでも得られれば、と考えていましたから。

「ヒマリさんの活躍は称賛に値しますが、これはどうも出来すぎている気がします」

「フィリア、まさかわざとここに誘い込んだとでもいうのか？」

「そんな気がしないでもないです。こちらが臭いを辿って追ってくると読んでいたとしたら……。嫌な予感がします」

ハルヤさんがわざわざ私たちを誘い込んだという可能性。

もしも、それが正解ならばある一つの仮説が生まれます。

「ハルヤさんは私たちを相手取っても、殲滅しうる武力を所持しているのかもしれません」

「なるほど。あの小屋に切り札を隠し持っている可能性か」

「もちろん油断しているかもしれませんが、同じ忍者であったヒマリさんに、逃亡の痕跡を辿られると想定をしていなかったとは考えにくいです」

なんせ予め、逃亡用に煙玉を歯に仕込んで隠し持っていたほど周到だったのですから、迂闊な人ではないでしょう。

それに、ハルヤさんが自分のペースに巻き込むのが上手いということは、今までのやり取りで十分に理解できています。

「罠や武器があろうと関係ありません！　自分が騎士たちを率いてハルヤとやらを確保してご覧にいれましょう！」

胸を強く叩き、フィリップさんが前に出てオスヴァルト様に主張します。

大陸で最も強力だと言われているパルナコルタ騎士団。

その長として、国一番の槍の使い手として、このまま手をこまねいているだけというわけにはいかないみたいです。

「フィリップ、お前の主張はわかるが――」

「おやおや、こんなにお客様を連れてくるとは驚きですねぇ」

「「——っ!?」」

オスヴァルト様とフィリップさんが話し合いをしている中、ハルヤさんが山小屋から出てきました。

こちらを値踏みするような視線と、余裕すら感じられる微笑(ほほえ)み。

——やはり、なにかありそうですね。

「ヒマリ、がっかりしたぞ。まさか、お前がたった一人の肉親である私を売るとは、な」

「……兄上」

「やれやれ、なんのためにわざとお前にだけはわかる痕跡を残したと思ったんだ？ お前が最後に私の味方になってくれると信じていたからなんだぞ」

その言葉のどれほどが本音なのかは謎です。

しかし、ヒマリさんには確かにできたかもしれません。

私たちに味方のフリをして、兄である彼を助けに行くことも。

——その可能性は、まったく考えていませんでしたが。

「兄上を売ったつもりはありませぬが、主君のために動くのは忍びとして当然。驚くほどの話ではありますまい」

「ほう？ 大した忠誠心だがそれじゃあ身を守れないぞ。それはお前も十分にわかっているだろ？」

忠誠心では身を守れない。

それは二人の経験から事実だと言えるのでしょう。

なんせ、二人は忠義に生きて大切な家族を失い、自身の命も失うところだったのですから。

「しかし、兄上！　オスヴァルト殿下とフィリア様は――」

「もういいよ、ヒマリ。お前が学習しない人間なのは残念だが私の敵に回るというなら仕方ない。

……私は私の信じた道を進ませてもらうよ」

「「――っ!?」」

ハルヤさんはこちらに向かって指を差すと、小屋の窓が開いて中から火矢が大量に飛んできました。

こ、これはまさか――。

「兄上！　くっ、こんなもの！」

「ぬぅ、パルナコルタ騎士団を舐めるな！」

ヒマリさんがクナイや手裏剣を使い、フィリップさんが槍を振り回して、火矢はすべて叩き落とされます。

小屋の中には人の気配はありません。つまり、彼が使ったのは間違いなく……。

「ハルヤさん、あなた魔道具を使いましたね」

「さすがはフィリア様。一瞥しただけで見抜くとは素晴らしいですねぇ。この山小屋は私が密かに建てたパルナコルタのアジト。大陸中で買い漁った武装用の魔道具によって要塞と化しているのです！」

　まさか魔道具まで使って攻撃してくるとは思いませんでした。

妹のヒマリさんがいるから、無茶はしないと読んでいたのですが、見通しが甘かったみたいです。

「魔道具だかなんだか知らんが、こんなもの！　我がデロン流槍術で打ち砕いてくれる！」

　それでもフィリップさんは怯まずに、山小屋へ突入する気みたいです。

　――確かにあのくらいの火力なら結界で防御すれば、十分に防げます。

　ですが、彼は要塞とまで言っていました。

「フィリップさん、気を付けてください。ハルヤさんはまだ何か隠しているはずです」

「フィリア様！　お気遣いは無用です！　このフィリップ、たとえどんな切り札が――」

「本当にやりにくいですねぇ。そのまま踏み込んでくれれば楽だったものを。聖女フィリアにオスヴァルト殿下。あなたたち夫婦ほど攻略の目処が立たなかった方々はいませんよ。……こんなものは使いたくなかったのですが、やむを得ません」

「こ、これは……」

　ハルヤさんがぱちんと指を鳴らすと、小屋の中から巨大な大砲が出てきます。

　こ、これほど大きな砲身は初めて見ました。

　もしこれが魔道具だとすると、その威力は普通の大砲を遥かに超えるかもしれません。

まさか、こんなものを隠し持っていたなんて。

「これはライハルト殿下に部下が営業をかけて購入してもらった特注品〝魔導大砲〟です。納品前のものを使うのは気が引けますが、私が捕まっては売りつけられませんしねぇ」

武装用の魔道具は魔物討伐用がほとんどなので、あれほど巨大なものは不適当です。

何故なら、あまり威力が強すぎると周囲への影響が大きく、魔物以外も破壊してしまうからです。

まさか、ライハルト殿下がそんなものを購入されていたなんて。

他国との争いを懸念していると聞きましたが、思ったよりも深刻な話なのかもしれません。

「ぬぅ！　皆さんお下がりくだされ！　ここは我ら騎士団にお任せあれ！」

「動かないほうがよろしいですよぉ！　魔導大砲の威力は村一つくらいなら消し飛ばせます！　つまり今、オスヴァルト殿下もフィリア様も私の人質というわけです！　皆さん、少しでも体を動かした瞬間――撃ちますよ？」

「うぐっ！　な、なんて悪辣な！」

動けば私たちに向かって大砲を放つ。

ハルヤさんはそれを仄めかし、フィリップさんを牽制します。

なるほど。私たちがヒマリさんとともにやってくるという可能性も想定していましたか……。

「ハルヤとやら！　正気か！　この方々を人質に取るなど、パルナコルタ全土を敵に回すぞ！」

「だからこそ人質として価値があるのですよねぇ。騎士団長さん、あなたはその忠誠心に縛られて一歩も動けないはずです。……わかりますよ。私にもそんな時期がありましたから」

「ぐぬっ！　やはり悪辣な奴！」

これは私とオスヴァルト様が迂闊だったのかもしれません。

魔法で防御して何とか防げるとは思っていますが、絶対ではありません。

なんせ、私はあの〝魔導大砲〟とやらの威力も性能も何一つ知らないのですから。

――ハルヤさんはそれも織り込み済みで脅しをかけているのでしょう。

「こうなってしまった以上は、金儲けは諦めましょう。赤字にならない程度の金品と身の安全を保証してくれれば素直に引き下がります。……これで痛み分けということで」

「痛み分け……？」

その提案は本当に彼にとって妥協点。

つまり、ハルヤさんにはこれ以上は打つ手がない。

だからこその強硬策。彼も追い詰められているのかもしれません。

「ええ、そのとおりです。さぁ、どうします？」

マナを体内に吸収すれば光を発して気付かれてしまう。

私の魔力のみで光の鎖を繰り出して拘束しようにも、ハルヤさんはヒマリさんと同じく速さには自信がある様子。

鎖が届くよりも先に大砲を放たれてしまう可能性があります。

彼に魔法の発動に気付かれず、抵抗する方法を考えなくては――。

「フィリアさん、聡明なあなたならわかっているはずです。ここは要求を呑むのが得策だと」

「…………」

「あなたから、オスヴァルト殿下に――。うっ！　な、なんですか、この風は……！」

身体を動かさずマナの吸収もせずに、風を放ってみましたが、ハルヤさんを吹き飛ばすのは無理みたいですね。

あの〝魔導大砲〟とやらも僅かにグラつきはしましたが、無力化させるのは難しいです。

「フィリア様、お戯れはやめてくださいませんか？」

「なんの話ですか？　私はあなたに言われたとおり微動だにしていませんが」

「聖女が嘘をつくのはいただけませんねぇ。……まぁいいです。次になにか妙なことが起こったら偶然であろうと、容赦なく撃ちます」

どうやらもう魔法を使うのは止めたほうがいいですね。

ハルヤさんのなんとしてでも生き残りたいという気迫。

修羅場慣れとでも言いましょうか、ここまで隙がない人は初めてです。

「兄上！　いい加減にしてくだされ！　あなたは卑怯とは無縁の方だったはず！　こんなやり方、あなたには似合いませぬ」

ヒマリさんは悲痛な叫びを兄であるハルヤさんにぶつけます。

あるいは方法はもう、それしかないかもしれないですね。

ハルヤさんの情に訴える。ヒマリさんへの気持ちに懸けてみる。

――ヒマリさん、お願いします！　どうか、彼の頑な心を開いてください！

「何度も言っていますが、忠誠心では身は守れない。ヒマリ、無念を忘れたのか？　父上と母上を、兄弟たちを失ったときの恨みを忘れたか？」

「それは忘れていない！　だが、私は最期まで忍びであると誓った身！　忠と義の心を失えば、私は私でいられなくなる！」

「なにが忠義だ！　教えてやろう。私はあの日、死んだ。一度死ねば、もはやこの身体は別人。忠や義などという呪いから解放されるのだ。生きたくば、自分を殺してみろ、ヒマリよ！」

その隻眼から放たれる視線は、それだけで人を射殺し得ると思わせるほどでした。

自分を殺し、価値観を塗り替える。

これはもうヒマリさんが以前のハルヤさんに戻ってほしいと望んでも――。

「兄上！　あなたはどこまで私を！」

「動くなと忠告したはずだ！　ヒマリ！」

ハルヤさんは、激昂してクナイを構えようとしたヒマリさんに向かって火矢を放ちます。

こうしてはいられません。彼女を助けなく――。

「ったく、熱いな……」

「お、オスヴァルト殿下!?　な、なにをしているんですか!?　動くなと言ったではないですか!?」

「おう、悪いな。つい、忘れて動いてしまった！　まぁ、妙な動きはしてないから勘弁してくれ。火傷はしたがな……」

火矢を素手で摑んで投げ捨てるオスヴァルト様。

まったく、なんて無茶を。

かつてミアを助けるために、迷っていた私に「心で判断しなきゃならないときがある」と一喝したオスヴァルト様ですが、これはなんとも……。

「あ、あなた、なにを考えているんです!?　主君がなぜ家臣を怪我をしてまで守っているのですか!?」

「ハルヤさん……」

ここにきて、あれだけ余裕たっぷりだった彼が動揺を見せます。

オスヴァルト様がヒマリさんを身を呈して守ったのがよほど信じられなかった様子。

「な、なぜですか？　オスヴァルト殿下、なぜ妹をあなたが守る必要があるのです？　あなたは主君、ヒマリは家臣。主君は家臣を盾にするものでしょう？」

「盾？　いや、目の前に危険が迫って見て見ぬふりはできんだろ。というより、さっきも言ったが、考えるよりも先に体が動いてしまうんだよ」

当たり前のように語るオスヴァルト様。

どこまでも自然体で、どこまでも優しい。

そんな彼が時々、眩しくて仕方がなくなります。

――オスヴァルト様が誇らしい。涼やかな横顔を見て、私はそう思わずにはいられませんでした。

「ヒマリならこの程度の火矢、当たりません！　我が一族の中でも屈指の速さなんですよ！」

「はは、ヒマリなら避けられたか。そうかもしれんな。だが、あんたは動けば大砲を放つと脅した。なぜヒマリが避けると思ったんだ？」

「うぐっ、そ、それは……」

「それに、避けられると思う攻撃をわざわざ仕掛けるのも変な話だ。ハルヤ殿……ここにきて、あんたの行動は論理的でなくなってきている気がするが」

すると途端に口ごもるハルヤさん。

オスヴァルト様の仰るとおり、彼の態度は妙です。

切り札である〝魔導大砲〟を使った脅し。それ自体がハルヤさんが追い詰められている証拠なのは間違いないはずですが……。

「……ハルヤさん、その大砲には砲弾が装塡されていませんね？」

「はぁ？　フィリア様、このどさくさに紛れてカマをかけるとはやりますねぇ。私は構いませんよ。そうお思いならば、騎士団の方に命じればよろしい。この小屋に突撃せよ、と」

ここで私の言葉に動揺一つ見せずに、逆に挑発してくるのはさすがです。

ですが、彼は誤解しています。私の言葉の本質を。

今、ハルヤさんは得意の口八丁では逃れられない状況にあります。

「ハルヤさん。私はかまをかけているわけではありませんよ。事実を伝えているだけです」

「ふふ、すごいですね。聖女とは心理戦のお勉強もされているのですか？　忠告しますが、私には――」

「根拠があります。その大砲が空っぽだと断定できる根拠はちゃんとあるんですよ」

「――っ!?」

いくらなんでも犠牲者が出るかもしれない危険な賭けを二度もしません。

あのときはミアが共に命を懸けると言ってくれたから、危険地帯に飛び込みましたが、本来私は安全を確かめてから橋を渡る性格をしているのです。

「先程の風はどうでしたか？」

「風？　ああ、少し驚きましたが、あれくらいで飛ばされるようなヤワな鍛え方はしていませんよ」

「そうですね。ハルヤさんが吹き飛んでいれば、楽だったのですがそうはいきませんでした。……ですが、一つわかったことがあります」

「わかったこと？」

私は慎重すぎました。

ハルヤさんが〝魔導大砲〟以外に切り札を持っている可能性。

事実を突きつけられてヤケを起こした彼が、なにをするかわからないという懸念。

色々と策を考えているうちに、オスヴァルト様が火傷を負ってしまわれた。

本来なら、臆さずあのときに指摘すべきでした。

「ハルヤさん、それだけの規模の大砲なら装塡される砲弾の重量もまたかなりの重さになるはずですよね？」

「…………」

「少なくともそんなものが装塡されているなら、あの程度の風ではビクともしないはずです。……ですが、実際は僅かに動いています」

「そ、そのためにあの風を……」

大砲がほんの少しだけ動いた様子を私は見ていました。

いくら鍛えているとはいえ、人ひとりを吹き飛ばすこともできない風の力で動くなら、あの大砲の重量はそこまで大きくない。

ハルヤさんはハッタリで私たちを人質にしたのです。

――空っぽの大砲なのに、あれ程堂々とした態度で交渉に挑んだ豪胆さは恐ろしいですね……。

「……はぁ、嫌な予感はしていたんですよ。オスヴァルト殿下もフィリア様も私の目利きで、値をつけられなかった。だから妥協して、逃げの手を打ったはずなんですけどねぇ」

「ハルヤさん、あなたは――」

「まさか殺意も敵意もない風なんかで、砲弾が装填されていないと見抜くとは恐ろしい。……私の完敗です。自分の欲で身を滅ぼすなら、まだ納得ができますねぇ。最期にあなたたち夫婦のような方々を知れてよかった」

感心したような表情で、ハルヤさんは両手を上げて降参の意を示します。

どうやら、観念してくれたみたいです。

自分の欲で滅びるなら納得できるという、彼の言葉は少しだけ寂しさを感じさせます。

誰かのために生きて死に直面した過去が忌まわしい。

それこそが今日の彼の人格を形成させた原因なのかもしれません。

「お前たち！　ハルヤを確保しろ！　だが、罠が隠されているやもしれん！　油断するなよ！」

フィリップさんの指示で騎士たちはハルヤさんの確保に動きました。

そして、数分後……彼はまったく抵抗する素振りも見せず拘束されます。

その隻眼はどこかスッキリしたような彼の心情を表すかのごとく、穏やかでした。

「フィリップ、ハルヤ殿をこっちに連れてきてくれ。あと、拘束は解いてもいいぞ」

「はっ！って、ええ!?　解いてもよろしいんですか!?」

「ああ、もう逃げ出さないよ。俺にはわかる」

「わ、わかりました！」

フィリップさんはオスヴァルト様の言葉にうなずき、ハルヤさんの拘束を解き、こちらに連れてきます。

なにか彼に話したいことがあるみたいです。

「まったくやられましたよ。まさか、こうも簡単に〝魔導大砲〟が空っぽだと見破られるとは」

「はは、どうだ俺の妻はすごいだろ？」

「オスヴァルト様……」

私のほうを向いて、オスヴァルト様は嬉しそうな表情をします。

なんだか彼が自慢げに私について話す姿を見ると、むず痒くて照れてしまいそうになりますね……。

「ええ、フィリア様はすごかったです。ですが、オスヴァルト殿下がヒマリを庇ったときのほうが驚きましたねぇ」

「んっ？」

「未だに理解に苦しみますよ。なぜ、主君が臣下のために傷つくのか、さっぱりわかりません」

あるいはこのとき、ハルヤさんが精神的に動揺していなければ、大砲が空っぽだと見抜いても彼は抵抗をやめなかったかもしれません。

忍びの脚力と魔道具を駆使すれば、逃亡を試みるくらいはできたはずですから。

「オスヴァルト殿下、一つ質問してもいいですか？」

「んっ？　なんだ？　言ってみろ」

「……殿下にとって従者とは何なのですか？　あなたはどうも私の知っている類いの人間とは違います。最後にそれを聞かせてください」

オスヴァルト様の臣下に対する考え方。

私も深く聞いたことはありません。

「うーん。背中を任せられる者。そして、守るべき存在だ」

「ま、守るべき存在、ですか？」

「……おかしいか？　だが、どうも俺は守られてばかりというのは性に合わんみたいなんでな」

ハルヤさんは守るべき存在という言葉に目を瞠（みは）りました。

そうです。オスヴァルト様はどんなときも、誰かを犠牲にして自らが助かれば良いなどと考えない方です。

それを甘いと言う人もいるかもしれません。

――ですが、私はすべてを包み込んでくれる彼が好きです。

そして、なんとなくわかります。

なぜ、オスヴァルト様がハルヤさんをこちらに呼んだのか。その理由は……。

「なぁ、ハルヤ殿。ここで会ったのもなにかの縁だ。俺に仕えてみないか？」

「――っ!? はぁ？ なにを仰っているんです？ 私があなたの従者になどなれるわけないでしょう?」

ハルヤさんは驚いていますが、この提案はなんとなく予想していました。

オスヴァルト様なら、彼を自分の近くに置きたいと思うだろうな、と。

これは常識にとらわれている私には、とてもできない提案です。

「確かに、兄上も陛下も簡単には許さんだろうな。罪に対して罰を与えようとするだろう。だが、俺は兄上からこの件について全権を委ねられている。説得ならできるさ」

「それだけではありません。そもそも信用ならぬ者を、王族の従者になどできないはず。罪と罰以前の問題ですよ」

「信用、か。そうだな。それはあんたの言うとおりだ。俺もそう思う」

信用、信頼、目には決して見えない信じるという心。

知っています。見えないからこそ、それは尊いのだと。

見えないからこそ、信じ抜くには強い力が必要だと。

「でしたら、なぜ――」

「あんたは裏切られて価値観が変わったと言った。ならば誰かを信じられるようになれば、またそれも変わるだろう?」

「そ、それは……」

「あんたが変わりたいって思うなら、俺がまずはそれを信じる。なにがあっても絶対に、な」

どうして彼はここまでまっすぐな目をして、手を差し出せるのでしょうか。

ここまでくると、オスヴァルト様と結婚している私ですらわかりません。

彼は出会ったときから眩しすぎました。

ハルヤさんも、私と同じような感覚なのか啞然としています。

「本当にお人好しが過ぎますよ。あれですか？　そうすれば、私が魔鉱石を融通するとでも？　それなら従者になどしなくても、免罪と引き換えにでもなんでもすれば良いでしょう」

ライハルト殿下ならあるいは、大量の魔鉱石と引き換えに免罪するという交渉をするかもしれません。

しかし、オスヴァルト様は罪や罰を交渉材料に使うようなことはしないでしょう。

「うーん。そうだな。俺は〝月涙花〟を独占するつもりはないし、法外な値段をつけるつもりもない。フィリアもそう思っているしな」

「オスヴァルト様……」

「しかし、ハルヤ殿の話を聞いて、無料同然にしても混乱を招くかもしれんと懸念するようになった」

これは私も認識不足だったと言わざるを得ません。

一輪で金貨ひと袋分の価値があるという〝月涙花〟。

なにも考えずに無料で出回るようにすれば、様々なトラブルの原因になると予想できます。ましてや他国との関係に懸念がある今、〝月涙花〟の取り扱いにはさらに注意が必要となるでしょう。

傲慢な話ですが、人間の金欲の部分とは縁がなさすぎたゆえ、私たちはその認識を怠っていました。

「だから俺は、ジルトニアとも話し合って折り合いをつけるつもりでいる。……そこで、だ。その交渉も含めてハルヤの商才と交渉力を借りたいと思っているんだよ」

「わ、私の力を、ですか？」

「ハルヤ殿はなんの権力も持たずにたった一人で、しかも他国で、これだけの大立ち回りをしてみせた。……もちろん、褒められたことではないが、その能力の高さは疑いようがないさ。もちろん働きに応じた報酬は払うと約束はする」

遺跡に〝魔瘴（ましょう）火山地帯〟の爆発を止めるためのヒントがあると見抜き、その設計図である石版を見つけただけでも、彼の洞察力は非凡だと言わざるを得ません。

なんせ、私が実際にその場でマナの乱れを感じて、ようやく辿り着いた結論に彼は魔力を持たずして先回りしたのですから。

その後のオスヴァルト様との交渉や、逃亡においての手腕、そして忍者としての身体能力。

アーツブルグに亡命して一代で豪商に登り詰めた商才。

オスヴァルト様が、彼に重要な仕事を任せたくなる気持ちもわかります。

「はぁ、不思議議だったんですよねぇ。ヒマリも私と同じかそれ以上の苦労をしたはずなのにその表情はあの日とまったく変わっていませんでした」

「兄上……」

「オスヴァルト殿下、あなたのような主君に仕えたからなのかもしれませんねぇ」

どこか納得したような表情でうなずくハルヤさん。

そうかもしれないですね。

オスヴァルト様には人の心の闇を祓ってしまう光があります。

私も、彼と共にいて――知らず知らずのうちに笑えるようになっていました。

「それはどうかな？　ヒマリにとっては、俺などよりもフィリアのほうが良い主君だろ？」

「へっ？　そ、そんなことはないですよ。ヒマリさんにはお世話になりっぱなしで、なにもできていませんし。オスヴァルト様のほうが――」

「いやいや、そんなことはない。前にも言っただろ。フィリアが来てからヒマリは明るくなったって」

こちらを向いて急に話を振られたので、焦って変な返事しかできませんでした。

ヒマリさんにとって私はどんな存在なのか、考えてもみなかったことです。

でも、私にとって彼女は大事な恩人で――。

「ははは、お二人は本当に良い夫婦ですねぇ。なるほど、私はこの世の真理を見たと思い込んでいましたが……まだ狭い世界にいたのかもしれません」

その笑みは、これまで私たちに見せていたどこかに感情を隠したような微笑みとは違うように見えました。

——ようやく、本音を口にしても安心できるようになったみたいです。

「考えてみれば願ってもない話。なにより面白そうです。……それでは、しばらくお世話になりましょう。あなたを信じてみます。オスヴァルト殿下」

差し出されたオスヴァルト様の手を、固く握りしめるハルヤさん。

「ヒマリ、失望させて悪かったな。だが私はどうしても以前のように、誰かのために生きるなど考えられなくなっていたんだ」

ヒマリさんのほうを向き、ハルヤさんは謝罪します。

変わらず忍者として生き続けていたヒマリさん。

彼はそんな彼女に少なからずびっくりしていたように思えました。

彼がオスヴァルト様の下につこうと決心したのは、きっと変わらず信念を貫いていたヒマリさんを見たからでしょう。

「兄上が以前とあまりにも変貌されていたゆえ、驚愕(きょうがく)し……反射的に感情的になってしまいました」

「ヒマリ……」

「しかし、今は失望のあまり兄上には兄上の苦労があったことを殿下のように知ろうとできなくて口惜しいです。……わ、私こそあなたに謝りたい」

「バカだな、このような兄は失望されて当たり前だ。泣くやつがあるか。苦労かけて済まなかったな」

いつの間にか涙を流していたヒマリさんを、ハルヤさんはそっと抱きしめます。

なんだか、この瞬間のために彼を追いかけたような気がします。

ミアと離れ離れになって、再び出会ったとき……あの子を抱きしめた温もりを思い出しながら、私は目頭が熱くなりました。

「それじゃあ、王城に帰るとするか。……フィリア、せっかくの新婚旅行だったのにごめんな」

「いえ、一生忘れられない思い出になりました。それにこのほうが私たちらしいじゃありませんか」

「あはは、違いない。よし、行こう」

陽気な笑顔を見せるオスヴァルト様の手を握り、私は帰路につきます。

こんな新婚旅行があってもいい。私たちらしくていい。

それは私の紛れもない本音でした。

——あなたの隣を歩めるなら、きっと私はどこでも、どんなときも、心の温もりを決して失わないでしょう。

◆

「フィリア様！　これが仰っていた魔道具の設計図ですか？　わたくし、魔道具作りは初めてですが、お手伝いさせていただきますわ」

屋敷に帰ってきた翌日のお昼頃、魔道具の設計図ができましたので、グレイスさんにそれを見せます。

石版から情報を得て、〝魔瘴火山地帯〟のマナを安定させるための魔道具に必要な仕組みがようやくわかったのです。

「ですが、設計図って思ったよりも量が多いんですね。十ページも図解とともにぎっしりと……。これは気合いを入れないとなりませんの」

「あ、いえ。それは最初の作業を記したものなので、全部合わせるとこの十倍ありまして」

「えっ？　じゅ、十倍ですか!?　そ、それだけの量をたったの一日足らずで!?　さすがはフィリア様ですわ！」

「む、無理やり褒めなくても大丈夫ですよ」

驚きながら称賛してくださるグレイスさん。

マナの乱れを広範囲に亘って安定させなくてはならないので、かなり大型の魔道具になりそうなんですよね。

そのため、設計図の分量も今までに作ったことがあるものの比ではないのです。

「ですが、よろしいんですか？　ボルメルン王国に帰らなくても」

「問題ございませんの。実はお父様には、しばらくこちらで稽古をつけていただくと手紙を送りましたから」

「そうですか。それではお言葉に甘えて」

確かにグレイスさんは魔道具作りは初めてですが、古代魔法の知識があり、マナについての理解もばっちりです。

今回の魔道具を作るにあたって、これほど心強い存在はありません。

「はい！　どうぞ、わたくしに甘えてくださいまし」

「まぁ、グレイスさんったら。それでは最初は魔道具作りの基礎から始めます」

とはいえ初心者であるグレイスさんに、最初から大型の魔道具作りに挑戦してもらうのは難しい。

ですから、私はまず簡単なものを作って慣れてもらうことから開始しました。

「わかりましたわ。ですが、よろしいんですの？　教えるのに時間がかかるのなら、わたくしは逆に足を引っ張っているのではありませんか？」

「気にならないでください。魔道具作りに必要な魔鉱石を手に入れるまで、待たなくてはなりませんので」

パルナコルタ王国内にある全魔鉱石量の約二倍。

それが魔道具を作るために必要な魔鉱石の量です。

材料がなくては設計図があっても作製は不可能なので、手に入れるまでの間はグレイスさんに基本を教えます。

そのとき、王宮から戻ってきたヒマリさんが姿を現しました。

「フィリア様、兄上……いえ、ハルヤ・フウマが条件付きではありますが、オスヴァルト殿下の従者として認められました」

「ヒマリさん、それはよかったですね。お兄様がご無事で」

「そ、それはその。……はい。殿下とフィリア様の寛大さに感謝の言葉が見つかりません」

オスヴァルト様は上手く陛下とライハルト殿下を納得させられたみたいです。

王城に戻る道中、どうしようかと思案していましたが、彼は一度も私に助言を求めませんでした。

きっと、ハルヤさんを自らの部下に迎え入れると発言した責任を最後まで全うしようと考えたのでしょう。

「しかし、陛下はともかくライハルト殿下がよく許しましたね。もっと説得に時間がかかると思っていました。もしかして、その条件付きというのが――」

「お察しのとおりでございます。ハルヤが一ヶ月以内に魔道具に必要な魔鉱石を融通すると約束したのです。……ライハルト殿下も国益と天秤(てんびん)にかけ、約束を守れば正式に殿下の従者として認めると返答されました」

たったの一ヶ月で大量の魔鉱石を用意する。

これはとんでもない約束をしたものです。

ちょっと待ってください。条件付きで、その約束となると、不履行だった場合――。

「約束を違えると、もちろん刑罰を受けます。そして、そのときは私も……」

「やはり、そちらを選択するのですね。私はそれでもあなたに――」

「申し訳ありませぬ。私は二度も兄を失いとうございません」

「ヒマリさん……」

「しかし、ご心配召されないでください。フィリア様、兄は必ずや約束を守ります。そういう目をしておりました」

ヒマリさんは微笑み、私の手を握りしめてうなずきます。

その表情からは、ハルヤさんへの信頼が感じ取れました。

――きっと、妹である彼女にしかわからぬなにかがあるのでしょう。

「私もハルヤさんを信じて待ちます」

「ありがとうございます。もう、彼は出発しました。ライハルト殿下が用意された監視役とともに

魔鉱石をかき集めるとのことです」

もう出発したのですね。

ハルヤさん、魔鉱石を一ヶ月で集めるのはかなり骨が折れると思いますが、無事に成し遂げられることを神に祈ります――。

◆

「いやぁ、ライハルト殿下も寛大な方でしたねぇ。私に一ヶ月も猶予をくださるなんて」

「は、ハルヤさん。まだ二週間ですよ。まさか、もう……」

「ダメ元で多めに期間を申告して良かったです。余裕を持って仕事できましたよ。……お待たせしました、こちらがご注文の魔鉱石です」

屋敷にハルヤさんが手配した大量の魔鉱石が届きました。

まだ彼がライハルト殿下と約束をした期間の半分も経っていないにもかかわらず……。

「ったく、なにが寛大な方でしたねぇ、だ。俺がどれだけ兄上を説得するのに苦労したと思ってるんだ？」

そこに屋敷から出てきたオスヴァルト様から苦情が入ります。

彼がハルヤさんの件で苦労したのは聞いています。

その罪に対して罰するよりも、国益のために働かせたほうが良いと口にするのは簡単です。

しかし、規律を曲げてまでの価値があるのか理解してもらうのは難しい。

ハルヤさんの能力とこれから私が作ろうとしている魔道具。

オスヴァルト様はそれによってもたらされる恩恵を試算して、提出したのです。

「もちろん、オスヴァルト殿下のご助力あってのお話ですよ。いやですねぇ、私もそれは承知していますよ」

「承知していて、想定している期間の倍を提案したのか？」

「ええ、仰るとおり。跪きながら足元を見るのが商人ですからねぇ」

「はぁ……その台詞、絶対に兄上の前で言うなよ」

どうやらハルヤさんの本質的なところは変わっていないみたいですね。

あのライハルト殿下の足元を見るなど、なんという大胆さ……。

これは従者に召し抱えたオスヴァルト様も気苦労が絶えないかもしれません。

「いよいよ魔道具作りが開始できますわね！　わたくし、フィリア様に教えていただいたすべてを活かして、頑張りますわ！」

「ええ、さっそく始めましょう。グレイスさん、頼りにしていますね」

「はい！　頼りにしてくださいまし！」

　グレイスさんは胸を張って、闘志を燃やしています。

　たったの二週間で、魔道具作りの基礎は覚えてくれました。

　リーナさんたちも手伝うと言ってくれましたし、思ったよりも早く完成するかもしれません。

「フィリア、そういえば巨大な魔道具を作った記録がないから不安だと言ってなかったか？」

　魔道具作りの準備を始めようとしていると、オスヴァルト様が魔道具について質問をされます。

　そうなんですよね。あまりにも大規模な魔道具ゆえ、歴史上に前例がありません。

　正確には記録が残っていないという話なのですが、なぜ問題なのかというと、大きな魔道具を使った際に起こるトラブルが想定できないのです。

　ですから、仮に魔道具が完成しても簡単には起動させられません。

　安全性が保証できるまで実験を行わなくてはならないでしょう。

　ですが、私もこの二週間でなんの手立ても講じてないわけではありません。

「えー、フィリア様。新たなヒントになりそうな石碑を見つけて参りました。えー、こちらが古代語を書き写したメモです。はい」

「リックさん、ご苦労様です」

　リックさんにはこの二週間、国中の遺跡の石碑から古代語を書き写したメモを作ってもらっていました。

古代人ならもしくは大規模な魔道具を使ったという記録を残しているかもしれないと考えたからです。

これで四枚目。残念ながら、ここまでそういった記述は見つかりませんでしたが、果たして……。

「えー、魔道具を使ったというような記録が残っているのは間違いないのですが、はい。細かい部分の解読はえー、まだです。すみません」

「いえ、謝罪には及びません。これ、当たりですよ！　リックさん」

「えっ？」

「このメモには、今回作る予定のもの以上の規模の魔道具を使った記録がありますよ。さっそく解読してみますね」

幸運にも四枚目にして、私が欲しい情報が記されているかもしれない記録が見つかりました。

どれどれ――私はメモに書かれた古代文字を解読します。

――これは、やはり知っておかねばならない情報でしたね。

初めての試みには細心の注意を払わねばならないという、良い例です。

「どうやら、大規模な魔道具を使うと高熱が発生して内部に蓄積して、故障の危険があるようです。リックさんのおかげで危ないところを避けられそうです」

これは価千金の情報です。

熱による故障……爆発が頻発している〝魔瘴火山地帯〟でそれが起こると、修復作業が非常に難しい上に、どんな事故に繋がるのかわからない。

それだけは絶対に避けねばなりません。

「ですが、えー、私はハルヤ殿から賄賂を渡され不正を行いました。その罪滅ぼしがこんな仕事で済むとはとても思えませんです。はい」

リックさんは、犯した罪の大きさを十分に理解しています。

だからこそ、石碑の古代語のメモを届けるという手伝いで許しを得るのは恐縮だと感じているのです。

「お礼ならオスヴァルト様に言ってください。私はなにもしていませんので」

「殿下には、以前にお話をした際、お礼申し上げました。えー、その際にフィリア様に礼を言ってほしいと仰っていましたので。はい」

リックさんはオスヴァルト様に一瞬だけ視線を向け、私に戻します。

「オスヴァルト様が、ですか?」

「私が研究者として優秀だから罪はその研究を以て償えるように便宜を計ってほしいとオスヴァルト殿下に伝えてくれたと、えー、聞いております。はい」

聖女を買い取った影響で遺跡の発掘が止まってしまったという話は、心が痛みました。

もちろん、そんな理由だけでオスヴァルト様に口利きしたわけではありません。

魔道具の安全性を高めるためのヒントを得るにあたって、リックさん以上の人材が居なかったという部分が大きいです。

「ともあれ魔道具作製に必要なものは全部揃いましたわね。これが完成すれば歴史が変わる気がしますの」

「グレイスさん……それは大げさな気がしますが」

「いえいえ、ボルメルンの聖女様の仰るとおり。この魔道具の完成は文字通り千金に値、いえ途方もない価値がありますよ」

「ハルヤ、お前はずっと金の話ばかりだな」

「オスヴァルト殿下、これは性分ですので諦めていただきたいですねぇ」

にんまりと笑顔を作るハルヤさんを、オスヴァルト様は苦笑いしながら見つめます。

ハルヤさんやリックさんとは色々とありましたが、最終的には二人の助力を得て壮大な計画が現実味を帯びるに至りました。

――さぁ、あとは魔道具を作るだけです。

◆

「フィリア様～、これはなんですか～？」

リーナさんが筒状の装置を指差して質問をします。

魔鉱石を手に入れてから、今日までずっと魔道具作りの日々を送っていました。

「ふふ、フィリア様に代わってお答えいたしますわ。それは魔道具を冷やす装置ですの」

グレイスさんにも長く付き合っていただき申し訳ないと思いつつ、かなり助けてもらっています。

魔道具を冷やすための装置。これは彼女にほとんど作製をお願いしていました。

「へぇ～、そうなんですね～。グレイスさん、すごいです～」

「フィリア様が教えてくださったおかげですわ。わたくしなど全然……」

「いえ、グレイスさんは魔道具作りのセンスありますよ。すごく筋が良かったので驚きました」

「そ、そんな！　わたくしにはもったいないお言葉ですわ！　でも、とっても嬉しいですの！」

グレイスさんは、喜びに満ち溢(あふ)れたはちきれんばかりの笑みを見せます。

リーナさんの言葉に謙遜していた彼女ですが、彼女は優秀です。

知識の吸収の早さもそうですが、天性と言っていいほどの器用さが相まって、教えたことをすぐに実践してみせたのには驚きました。

「試運転してみましょうか」

「えっ？　冷却装置、動かしてみてもよろしいんですの？」

「はい。見たところおかしなところはありませんし、試してみて最後の調整をしておきたいですから」

マナを安定させる魔道具はマナが不安定な状況でしか効果を試せないという性質上、ぶっつけ本番で挑戦するしかありません。

だからこそ、冷却装置だけでも完璧な状態に仕上げたいのです。

「それではフィリア様、装置を起動させますわ」

「はい。よろしくお願いします」

グレイスさんは緊張した面持ちで私に確認を取り、スイッチを押して装置を動かしました。

鈍い音とともに冷却装置は動き出し、周囲の気温が徐々に下がります。

「さ、寒いです〜。まるで冬がまた戻ってきたみたいです〜」

春先になり気温も暖かくなってきたところなのですが、装置の影響で真冬のように冷えてしまい、リーナさんは白い息を吐きながら震えてしまっています。

「グレイスさん、もう良いでしょう。装置を止めてください」

「承知いたしましたわ」

グレイスさんにスイッチを切ってもらうと、気温も徐々に戻り暖かくなりました。

この装置はこの装置でなにかしら需要がありそうですね……。

「問題なさそうですね。あとはこのマナを安定させる魔道具に嵌(は)め込めば、装置は完成です」

「大きいですよね〜。それに真ん丸です〜」

もちろん冷却装置だけでなく、マナを安定させる魔道具も一緒に完成させています。

リーナさんの言うとおり、魔道具の形状は巨大な球体です。

形状に関しては、色々と考えた結果、この形が最適だという考えに至りました。

「見事ですわ。こんなに大きな魔道具見たことがありません」

「そうですよね。ハルヤさんが魔鉱石を融通してくれなければ無理だったと私も思います」

この魔道具を作製するのに多大な魔鉱石を使用しました。

だからこそ失敗だけは決して許されません。

「あとは〝魔瘴火山地帯〟の中央にこれを設置するだけです」

「なるほど～、設置するだけですか～。って、それってすっごく大変なんじゃないですか～?」

爆発が頻発している〝魔瘴火山地帯〟の中央に魔道具を設置する。

確かにこれは難関課題でしたが、一応解決しています。

「フィリア様、例のものが到着しております」

「ヒマリさん、ご苦労様です」

「いえ、私はなにも。しかし、驚き申した。ミア殿がいても危険だったあの場所への魔道具の運搬。まさか、あれを使おうと提案されるとは」

ちょうどヒマリさんが、魔道具の運搬に必要なものを届けに来てくれました。

そう、それはハルヤさんが以前に私たちに見せたあの大型の魔道具です。

「あのときは〝月涙花〟を見つけて、持って帰らなくてはならなかったが、今回は装置を置いて起動させれば良いだけですからね。それならば、行かなくてもいい方法を考えるべきかと思いまして」

「しかしこの大砲を使って魔道具を任意の地点に飛ばそうという発想。私にはない見事な発想ですねぇ」

ハルヤさんが、あの山小屋の前にあった巨大な大砲とともに姿を現します。

これはライハルト殿下がハルヤさんの部下と契約して購入した品物。

かなりの距離、砲弾を飛ばせると聞いています。

魔道具が球体の理由がこれです。

わざわざ〝魔瘴火山地帯〟の中心まで行かずとも、魔道具を大砲で飛ばしてしまえば良い。

そうすれば、危険を冒さなくても魔道具を運べます。

魔道具自体には時限式で起動させる仕組みを組み込む手間が増えましたが、なんとか形になりました。

「なるほど～、これなら安心ですね～」

「さすがは稀代(きたい)の大聖女様。返品されるかもしれないと懸念していた大砲を無事に購入してもらえて助かりましたよ。ふふふ」

納得顔のリーナさんの横で楽しそうに笑みを浮かべるハルヤさん。

あとはこの魔道具を上手く着弾させるのみ。

決行は明朝。〝魔瘴火山地帯〟付近の小高い丘にて、オスヴァルト様の管理下にて行います。

◆

「ジルトニアのフェルナンド殿にも連絡して、万が一のために〝魔瘴火山地帯〟付近から人を離してもらうように要請しておいた」

「ありがとうございます。オスヴァルト様」

朝日が昇った頃、私はオスヴァルト様の隣で〝魔瘴火山地帯〟を見下ろせる丘の上にいました。

絶えずに鳴り響く爆発音。この音があの場所の危険性を示しています。

そして初めて使う魔道具。しかも古代人の歴史に遡るまで例がないほど、大規模なものです。

事故が起きた場合、付近への影響も懸念されるので、オスヴァルト様はジルトニアとのコンタクトをしっかりと取ってくれました。

「これくらいなんでもないさ。もっとも、フィリアの作った魔道具なんだから要らぬ心配なんだろうがな」

「いえ、なにが起こるかわかりませんから。なにも起こらないなら、それに越したことはありませんが……」

　これは、かつてオスヴァルト様がかけてくれた言葉です。

　あのとき、念には念を入れて動くことの大切さを説いて、国を守ろうとする彼の姿には感銘を受けました。

　――それでも今回ばかりは、なにも起こらないのを願うばかりですね。

「はは、そうだな。だが、俺だけじゃない。フィリアの作ったものなら安心だと、フェルナンド殿だけでなくミア殿も言っていたそうだ」

「ミアも、ですか？　まぁ、あの子ったら」

「とにかく祈ろう。今回の計画の成功を」

「はい」

　魔道具が大砲に装塡される様子を見て、私たちはうなずき合いました。

……鼓動の音が聞こえる。少し緊張しているのかもしれません。

「オスヴァルト殿下！　フィリア様！　準備が整いました！　号令とともに、いつでも発射できます！」

　今回、魔道具の発射を担当するのは騎士団長のフィリップさんです。

　大砲の扱いにも長けている彼は自ら立候補して、この任にあたります。

「おう。フィリップ、頼んだぞ」

「はっ！　任せてくだされ！　このフィリップ、全身全霊を懸けて必ずや中心部に命中させてみせましょうぞ！」

マナを効率的に安定させるには、〝魔瘴火山地帯〟の中央に魔道具を着弾させられれば理想的。

確かに私はそんな説明をしました。

フィリップさんはその説明を聞いて、気合いを入れてくれているみたいです。

「多少ずれても大丈夫ですよ。ですから、リラックスして撃ってください」

「はっ！　承知いたしました！　すでに何回か魔道具と同一の質量、大きさの砲弾で試射しております！　要領は摑んでいるつもりです！」

胸を張って、何度か練習をしたというフィリップさんの表情は自信に満ち溢れていました。

どうやら私が余計な気を回してしまったみたいです。

「あとはフィリップに任せよう。大丈夫、あの男はこのくらいのプレッシャー、ものともしないさ」

「ええ、わかっております。それでは、お願いしますね」

「はっ！　オスヴァルト殿下、フィリア様、どうか安心してご覧あれ！　それでは発射します！　十秒前、九、八……」

カウントダウンを開始するフィリップさん。

叔父であるルークさんを救うために命懸けで〝月涙花〟を求めて、ミアとともに足を踏み入れたのが、ほんの数ヶ月前。

「三、二、一！　発射！」

　この場所から、何者も寄せつけない爆発を防げればと考え続けていたのですが……。

「…………」

「フィリア、どうだ？　上手くいったのか？」

「はい。理想どおりの地点に着弾はしました。フィリップさんのおかげです」

「そうか。ならば、あとは——」

「ええ、魔道具が無事に機能して、爆発が止まるかどうか……だけです」

　双眼鏡を使いながら、オスヴァルト様の質問に私は返事をします。

　成功する確率を上げるために天候を魔法で調節して、雨風の影響を最小限に留めました。

　計算どおりにいけば、着弾と同時に魔道具のスイッチが入り、徐々に効果が広がっていくはず。

　魔道具の起動に関しては、肉眼でも確認できるようにしています。

「おっ！　あの光は、魔道具が動いたときに放出されるとフィリアが言っていた光ではないか？」

　オスヴァルト様は、緑色の光が天空へと立ち上る様子を指差しました。

　彼の仰るとおり、圧縮した魔力の光が魔道具から放出されたみたいです。

　あの魔力が〝魔瘴火山地帯〟のマナを安定させるために働きます。

「んっ？　なんか急に静かになったな。フィリア、これは……」

「……オスヴァルト様、やりました。成功です」

あれほど絶え間なく鳴り響いていた爆発音が消え、早朝の大地に静寂が戻りました。

「成功、か。はは……こんなにもここは静かな場所だったのだな。風の音すら大きく聞こえる」

「生き物や草木がほとんど存在しないですからね」

しばらく私たちは音が止んだ荒廃とした風景を眺めていました。

誰もが足を踏み入れられなかったこの場所が、誰でも踏み入れられる場所となる。

ライハルト殿下が仰っていましたが、だからこそ今後の管理は一層強固にしなくてはならないとのことです。

「フィリア様、オスヴァルト殿下。〝魔瘴火山地帯〟内部を観察して参りましたが、爆発は確認されませんでした」

「ヒマリさん、危険な任務をありがとうございます」

「いえ、これは最も足が速い私のすべき務めゆえ」

ヒマリさんが〝魔瘴火山地帯〟の安全を確かめてくれました。

どうやら、探索を開始しても大丈夫そうです。

「さてさて、これで〝月涙花〟も大量に手に入りますねぇ。商売人としてこれほど興奮する話はありません」

いつの間にか近くに来ていたハルヤさんは、腕をまくりながら舌なめずりします。

この方もブレません。オスヴァルト様の従者となっても商人としての思考がなによりも優先されるみたいです。

「おいおい、金儲けも良いけどなぁ。前に話し合っただろ？」

「もちろん弁えておりますよ。きちんと良心的に、各国が納得いくような案はこの前出したでしょう？　ええ、あの金額ならギリギリ法外などとは言われないはずです」

「ふぅ、法外じゃないなら良心的ってわけじゃないだろ？　だが、ハルヤの案は見事だった。文句はでないと俺も思っている」

ニコリと営業スマイルを浮かべるハルヤさんに、オスヴァルト様はため息をつきながらもその手腕を認めます。

確かに彼の提案には私も納得しました。

「〝月涙花〟を研究用とそれ以外で分けて販売。研究用は手続きと審査が必要だが格安で、それ以外での販売も転売を禁止しつつ、利益をパルナコルタ、ジルトニアで折半する」

「良い案ですよね。研究に必要なだけ〝月涙花〟を使うことができますし、将来的には量産もできるようになるかと」

私たちは感心しながら、ハルヤさんの案を確認します。

懸念されていたのは、お金を得るのに夢中になりすぎて、未来のための研究を怠るという事態でした。

彼がそれをきちんと理解して提案してくれたのは、素直に嬉しかったです。

「売上の一部から魔鉱石の代金と私への給金をお渡しするのをお忘れなく。想定よりも取り分はかなり少ないですが、良いでしょう。免罪の価値を考えれば悪くありません」

「ああ、今回の一件が成功したから晴れてお前は自由の身だ。短い間だったが、俺の従者としての生活が嫌なら辞めても構わん」

そう。オスヴァルト様はライハルト殿下と交渉していました。

すべてが上手くいったならば、ハルヤさんの罪を完全に許してほしいと。

それはオスヴァルト様の自分の従者として、彼の豊かな商才を飼い殺しにしたくないという優しさからでした。

「ふふ、殿下の尽力に感謝します。そうですねぇ。私としては妹と再会できましたし、ヒマリの面倒を見つつともに大きな商売をしたいという気持ちもあります」

えっ？　ヒマリさんとともに、ですか？

その言葉を聞いたとき、また胸を締め付けられるような痛みが生じました。

確かに彼にとってヒマリさんは唯一の肉親。自分のもとで面倒を見たいと考えるのも当たり前です。

「兄上はまた商売の話ばかり。そんなにも金稼ぎが楽しいのですか？」

「楽しいに決まっているじゃないか。お前にもそのうち教えてやる」

ヒマリさんの問いかけに即答するハルヤさん。

彼は商人として第二の人生を歩んで、過去の苦しい記憶を乗り越えました。

その価値観はそう簡単に揺らがないでしょう。

「……だが不思議なものだ。今は大義のために、忠義のために、金稼ぎをするのが楽しくなっているんだよ」

「えっ？　それはどういう意味でございますか？」

「そうだねぇ。具体的に言えば、オスヴァルト殿下に仕えてジルトニアと交渉したり、月涙花を有効に使う事業展開をどうするか考えたりするのはやりがいがあった。今後の生き方を考えるほどに、な」

ハルヤさんは、ヒマリさんの質問に腕組みをしながら返答します。

どうやらオスヴァルト様に仕えて、なにか思うところがあったようです。

「オスヴァルト殿下は私は自由だと言ってくれたが、殿下がフウマ家の者が忠義を持つに値するかどうか確かめるためにも、もうしばらくこのまま厄介になろうかと」

「兄上……」

「もちろん、殿下が私を追い出したくなったのなら別ですが」

爽やかな表情とともに、ハルヤさんは跪きます。

オスヴァルト様は、一瞬だけハッとしたような顔を見せましたが、すぐに微笑み口を開きました。

「ははは、好きなだけいろよ。俺も優秀な従者を失いたくないのが本音だからな」

「ではお言葉に甘えて。当分の間、妹共々よろしくお願いします」

差し出されたオスヴァルト様の手を握り、立ち上がるハルヤさん。

その隻眼はどんな未来を見つめているのかわかりませんが、希望をはらんでいるように見えました。

しかし、今の私にとって重要なのは――。

「えっと、つまりハルヤさんはまだしばらく、パルナコルタに居てくださるのですか？」

「ええ、そのつもりです。しかし、意外ですねぇ。フィリア様は、そんなにも私が残るのが嬉しいのですか？」

「あ、いえ。そのう……ヒマリさんが離れてしまうのが寂しいと感じてしまっていて。あっ！　違うんですよ。ハルヤさんがどうでもいいのではなくて――」

私は一体、なにを言っているのでしょうか。

自分の心の中の整理がつかずに口を開いたがために、しどろもどろになってしまいました。

「……フィリア様！　私はこの日ほど嬉しい日はありませぬ。ご安心あれ。たとえ、この兄がこの国を去っても自分はフィリア様に仕え続ける所存です」

「ひ、ヒマリさん……」

「やれやれ、フィリア様にこれほど心酔しているとは困ったものです。兄としての威厳を取り戻さねば」

力強い眼差しをこちらに向けて、その気持ちを吐露するヒマリさんを見て、胸の痛みがすっかりと消えてしまいます。

いつの間にか私は弱くなっている。そう考えた時もありました。

でも、今は違います。この痛みを覚えるほどの大切な人の数は私の人生の誇りです。

別れの辛さも、出会いの喜びも、すべてかけがえのない宝物だと思えるから——。

いつかきっとオスヴァルト様が望んだように、聖女としてだけでなく一人のフィリアとしてこの国を愛せるようになる。そう確信しました。

エピローグ

epilogue

魔道具によって〝魔瘴火山地帯〟のマナを安定させる試みを成功させた私たちは、その日の夜に屋敷に帰ってきました。

今はソファーに座り、リーナさんの淹れてくれた紅茶で旅の疲れを癒やしています。

「色々とバタバタしてしまって、まだ新居でのんびり新婚生活という雰囲気にはなれなかったな」

「ですが、こうしてオスヴァルト様と紅茶を飲むと落ち着きます。屋敷は新しいですが、安心するんです」

紅茶の芳しい香りを楽しみながら口をつけ、私は率直な気持ちを伝えました。

結婚して私たちになにか目に見えた変化もなければ、相変わらずの騒がしい日々。

のんびりとは程遠い生活なのは理解しています。

「オスヴァルト様、ずっと気になっていたのですが……新婚旅行の行先を増やしたのは何故ですか？」

ライハルト殿下と二人きりで話したあと、思いついたように森に行こうと提案したオスヴァルト様。

殿下の話は他国から妙な動きがあるかもしれないというものだったみたいですが、それと繋がらないような気がします。

「んっ？　あのとき話したことがすべてだよ。ただ、一つだけ付け加えるなら、兄上の話を聞いてフィリアとののんびりした時間がどうしてもほしくなったんだ」

のんびりした時間。

結局、今回の旅行も慌ただしかったので、それは貴重な時間だったのかもしれません。

「もしかしたら、幸せとは誰と同じ時を共有できるか、かもしれません」

「というと？」

「ですから、その。私はオスヴァルト様と以前よりも長い時間一緒にいられるだけで幸せという意味です」

「……フィリアは人を照れさせるのも上手いんだな。時々ドキリと胸に矢が刺さるような思いをさせられて、平静を装うのが難しくなる」

そ、そうでしょうか？

急にオスヴァルト様が思いがけない台詞を口にするので、頬が熱くなります。

「確かに共にいる時間が増えると新しい発見が増える。当たり前の話なんだろうが、実感してみるとその喜びは予想を遥かに超えている」

「オスヴァルト様はなにか新しい発見をされたのですか？」

そう考えると怖いところもあります。

結婚する前には気が付かなかった嫌な部分も見つかる可能性がありますから。

ここは気を引き締めなくてはなりません……。

「俺の発見？　ああ、もちろんあるさ。あなたの可愛らしいところを毎日見つけている」

「——っ!?　私も見つけました。オスヴァルト様は意外と人をからかうのがお好きなようです」

「そうかもな。だが、これはさっきの仕返しだぞ」

なんの仕返しなのかさっぱりわかりませんが、もう恥ずかしくてオスヴァルト様の顔を直視できません。

きっとそんな私の顔を見て、勝ち誇った笑みを浮かべているんでしょう。

自分を落ち着かせるために私は紅茶をふた口飲みます。

「だが、新婚旅行から始まった騒動や心残りだった〝魔瘴火山地帯〟の爆発の件もひとまず解決した。明日からはさすがに落ち着くだろう」

「……ふふ、このままだと新婚生活の記憶が慌ただしい記憶に押しつぶされそうです」

「ははは、そのとおりだな。退屈と無縁な生活は俺たちらしいと言えるが、そればかりだと胃が持たないだろう。たまには休息があったほうがいい」

上機嫌にオスヴァルト様はうなずきながら笑顔をみせました。

休息は確かに必要かもしれません……。

ここに来たばかりのとき、休めとリーナさんやレオナルドさんが言った意味——今ならわかりま

す。

「変です。のんびりしたいなどと、聖女らしくない言葉を口にするのに対して抵抗がなくなりました。怠け者になってしまったのでしょうか？」

「おいおい、フィリアが怠け者なら国民は全員怠け者になってしまう」

「そう、ですかね？」

幾度となく訪れる心境の変化。

その変化がいつの日か心地よく当たり前に感じられるようになりました。

「だが良いんじゃないか。俺は怠け者のフィリアも見てみたいぞ。今度、静かな別荘で何日かなにもしない日でも作ってみるか」

「えっ？　な、なにもしないのは、まだちょっと抵抗があります」

「そうか。そりゃそうだよな。……じゃあ何日が無理なら」

オスヴァルト様は立ち上がり、窓を開けて私を手招きします。

「オスヴァルト様……」

私も彼の隣に立って、淡い星空の光に照らされている庭を眺めました。

春になったとはいえ、まだ夜は肌寒いですね……。

「ほら、こうすると温かいだろ」

「は、はい」

優しく抱き寄せられて、私はオスヴァルト様に身を預けます。

こうして彼の温もりを感じると、少し前までは緊張して身体が強張っていたのに、今はただ心地良い。

「夜風が気持ちいいですね」

「ああ、そうだな。今はこうして何分か二人で怠けてみるくらいでちょうど良いだろ？」

「えっ？　あ、そのためにオスヴァルト様は――」

冷たさの残る春の匂いがする風が頬に当たるのを感じながら、私はこちらに優しい眼差しを送る彼を見つめ返します。

神様、聖女としてこの身を国のために尽くすと約束した私のわがままを聞いてください。

この数分だけは、彼のことだけを考えたいのです。

そっと触れる柔らかな唇。

少しの恥ずかしさと溢れるほどの愛おしさから、私は彼の首筋に腕を回しました。

瞬間で永久の愛を感じさせてくれる。

目を開けると月明かりに照らされている金髪があまりにも美しくて、思わず息を呑みました。

何度も見ているはずなのに、どうしてこんなにも胸が高鳴るのでしょうか。

二人の生活はまだ始まったばかりですが、いつかその答えも知りたいものです――。

番外編 その1

Extra edition

〜第一王子の婚約者〜


「まぁ、ライハルト殿下からプロポーズされましたの？　おめでとうございます！　リズ姉様」

わたくしの従姉妹(いとこ)であるエリザベス・エルクランツお姉様。

パルナコルタ王国で聖女となり、活躍している素晴らしい方です。

今日、わたくしはお父様と一緒にボルメルン王国からエルクランツ家を訪問いたしました。

そして、彼女から素敵な報告を聞いたのです。

「ありがとう。……伯父様やお父様には内緒だけど本当はちょっと迷ったの」

「えっ？　第一王子殿下にプロポーズされて、迷ったのですか？」

「ええ、そうよ。だってライハルト様は私にはもったいないくらい素敵な方なんですもの。もっと相応(ふさわ)しい方がいるんじゃないかって」

ライハルト・パルナコルタ第一王子殿下。

リズ姉様から聞いたところによると、頭脳明晰(めいせき)、質実剛健、国を愛し、パルナコルタ王国の発展のために常に政務に真剣に取り組んでいらっしゃる人物とのことです。

彼女の口ぶりからすると、殿下は完璧な王子のように聞こえます。

「……それに私は体があまり丈夫じゃないから。王子妃に適当な人物ではないような気もしたの」

「そ、そんなことありませんわ！　リズ姉様は聖女ですし！　王族の婚約者に相応しい人です！」

思わず立ち上がり声を荒らげてしまいました。

確かにリズ姉様のお体は丈夫ではありません。

でも、だからこそそんな彼女が聖女になれたのは快挙と言えます。

きっと並大抵ではない努力をしたのでしょう。

「ふふ、あなたは優しい子ね。グレイス」

「リズ姉様……」

「安心して、ちゃんとプロポーズはお受けしたわよ。だって私はあの方がどこまでも好きなんだもの。あれこれ理由をつけてみたけど、この気持ちに嘘をつくのは無理だったわ」

ほんの少しはにかみながらリズ姉様はライハルト様との結婚を決意した理由を語ります。

なんて、美しい人なのでしょう。

このときのリズ姉様はいつもよりも艶っぽく、大人びたように見えました。

お父様や叔父様は私とリズ姉様がそっくりだといつも仰りますが、鏡で見た私とはまるで違います。

恋をしているから、いえ愛する人がいるから、でしょうか……。

「リズ姉様も素敵な人ですの」

「えっ？」

「だってこんなにおきれいで、気立てが良くて、パルナコルタ王国のために聖女として一所懸命に尽くしているんですもの。きっとライハルト殿下もそんなリズ姉様を知っているから伴侶に選ばれたのだと思いますわ」

きっとリズ姉様はご自身の体のことで自信を失っているのだと思います。

ああ、エミリーお姉様の無駄な自信の一割でも分けて差し上げられれば……。

ですから、私は精一杯リズ姉様を励ましたのです。

「そうね。励ましてくれてありがとう。本当は、ね。私も知っているの」

「へっ？」

「あの方は私を愛してくれている。それだけは無条件で信じられる。迷ったのは本当だけど、そんなライハルト様を裏切るなんてできるはずがなかったのよね」

なんだ。最初から心配なんかしなくて良かったんですね。

リズ姉様、どうかお幸せになってください。

わたくしは嬉(うれ)しそうにライハルト殿下について話してくれる彼女を見て、そう願いました。

◆

「ライハルト殿下は、エリザベスお姉様が仰るとおりの方ですね」

「えっ？　そうですか？　彼女、私のことなんと言っていたんですか？」

こうしてライハルト殿下と話していると、あのときの記憶が蘇(よみがえ)ってきます。

私が尊敬する聖女はフィリア様と、もう一人——。

「それはもう。素敵な殿方だといつも自慢されていましたわ。聞いているわたくしが恥ずかしくなるくらいでしたの」

「ははは、それはなんとも照れてしまいますね。彼女が私を愛してくれていたことは無条件で信じられましたが」

あのときのリズ姉様と同じセリフを口にするライハルト殿下。

こんなにも誰かを愛して、こんなにも誰かに愛されるなんて……やっぱり羨ましいです。

リズ姉様、あなたがこの方からプロポーズを受けたのは決して間違いではなかったとわたくしは思いますわ。

番外編 その2

Extra edition

～第二王子と商人～

「オスヴァルト殿下、お待たせいたしました。これでフィリア様が必要と試算された魔鉱石の量は十分に確保できたかと」

アーツブルグの大豪商ハリー・フレイヤもといハルヤ・フウマ殿。

兄上に無理を言って、この男を釈放させた。

無論、条件はある。

ハルヤ殿が免罪と引き換えに、〝魔瘴（ましょう）火山地帯〟の爆発を止める魔道具作りに必要な魔鉱石を仕入れることだ。

かなり無理がある期間でそれを成し遂げる、という約束をしたので、俺はヒヤヒヤしていたのだが――。

「まさか、約束の半分の日付で達成するとはな。本当に大丈夫なのか？」

「嫌ですねぇ、殿下。この私が商売ごとで嘘（うそ）などつくものですか。この世界は信用が第一。信用に信用を重ねた上で大きな仕事が得られるのです」

「俺たちを相手取ってあんな大立ち回りをしたような男の言うセリフじゃないな」

「おやおや、手厳しい」

亡命先で、誰の手助けもなく、その身一つで大豪商と呼ばれるまでの成功を成し遂げたのだ。

ハルヤ殿の商人としての才覚や力量は確かなのだろう。

まぁ、仕事が早くて悪いことはあるまい。

ヒマリも安心するだろうし、兄上はもちろん。フィリアにも先に報告しておいてやろう。

「ちょっと、これで兄上たちに連絡するぞ。んっ？　どうしたんだ？」

「いやぁ、そのブレスレット。便利な魔道具だなーっと思っただけですよ。フィリア様はもったいない。これ一つで一財産築ける発明だというのに」

ハルヤ殿は遠距離連絡用の魔道具であるブレスレットを、身を乗り出して見つめる。

確かにすごい発明だと俺も思う。

フィリアの魔道具はどれもこれも、一流の魔道具技師顔負けの性能をしているからな。

「フィリアはこれで金儲けをしようなどとは考えもしないと思うぞ」

「そこなんですよ！　あー、もったいない！　もったいない！　オスヴァルト殿下、フィリア様が金儲けに興味を持つようにどうか説得してください！」

「顔を近付けてなんてことを言うんだ！　フィリアは聖女だぞ！　金欲などもってのほかだ！」

なにを言うかと思えば、真剣な顔でそんな馬鹿な話を……。

とにかくフィリアに妙なことを吹き込まないように注意しなくては。

「ふーむ。確かにフィリア様は生粋の聖女。私も目利きしきれませんでしたが、欲とは無縁の方でした。無欲だからこそのあの能力の高さなのでしょうけども――」

「な、なんだよ」

「オスヴァルト殿下、フィリア様になにかお土産でも買ってはどうでしょうか？」

「はぁ？　なにを突然言い出すんだ？」

この話の流れで、フィリアに土産だと？

ハルヤ殿はなにを企んでいるんだ？

わからん。どうして、この男はそんなことを言ったのか……。

「まさか、賄賂でも渡そうって言うんじゃないだろうな？」

「ははは、オスヴァルト殿下の土産が賄賂になるはずがないですよ。それにフィリア様は賄賂など受け取る方ではないはずです」

笑いながら首を横に振るハルヤ殿。

そこまでわかっているならば、どうして土産など買わせようとする？

「フィリア様には少しずつ欲張りになってもらおうかと。物欲が強くなればお金儲けに乗ってくださるかもしれないじゃないですか？」

「うーん。それはないと思うぞ。……まぁいいや。俺もフィリアになにか土産を買うこと自体には賛成だ。で、なにを買えば良いと思う？」

「えぇ、香水なんかはいかがですかね。香水は私の店でも取り扱っている店舗がありましてですねぇ。多彩な香りを取り扱うようにしたら、これが女性客から大好評でして」

なるほど香水か。

アクセサリーの類はプレゼントしたことがあるが、それは考えもしなかったな。

フィリアが喜ぶかどうかわからんが買ってみるとするか。

「選ぶコツはですね、香りが持つ印象を意識することです。例えば花の香りは優しい印象を与えます。柑橘系の香りは爽やかで明るい印象です」

「随分と詳しいな」

「そうですね。取り扱う品の知識はすべて頭に叩き込む。これは商人として当然の姿勢です」

「ふむ……」

やはりこの男は一本筋が通っている。

俺はハルヤ殿から熱いなにかを感じた。

さて、フィリアに合う香水か。

どんなものを選べば良いのかまだわからんが——気に入ってもらえると嬉しいな。

あとがき

読者の皆様この度は完璧聖女の五巻をご購入いただきありがとうございます。

まさかまさかの五巻です！

正直に申しますとここまで刊行できると思っておりませんでした。

なので、五巻が出せるというお話をいただいたとき、すっごく驚いたんですよ。

と、同時にどうしようってなりました。

四巻まででフィリアが幸せになる物語は終了しているので、ここから先は第二部的な扱いになる。

どうするか……。

フィリアが周りを幸せにするという方針で五巻以降を描いていこう。

それを決めたあとに、ここまでの設定やキャラクターや世界観を全部見直して、この先を書くための準備から始めました。

今までと違うのは、この巻には今後に繋(つな)がる伏線や設定を沢山ばらまいています。

出せるかどうかわからなくて出し惜しみしていたこの世界についてのあれやこれをドーンとお見せできたのは楽しかったです。

今回はヒマリにスポットライトを当てましたが、この先も他のキャラクターをドンドン掘り下げていきたいと思っています。

キャラクターといえば、今回もまた昌未先生には最高のイラストとキャラクターを描いていただけまして、眼福でした。

そして、綾北先生の完璧すぎるコミカライズには毎回刺激を受けております。

もっと自分も先生のようにキャラクターを素敵に描写しなくては、と今回も気を引き締めて筆を執りました。

担当様にもアドバイスを沢山いただきまして、感謝してもしきれません。

毎度のことですが、関係者の皆様にはこの場を借りてお礼申し上げます。

読者の皆様、これからも何卒（なにとぞ）よろしくお願いいたします。

それでは、またお会いできることを祈りながら今回も締めさせていただきます。

冬月光輝

作品のご感想、ファンレターをお待ちしています

あて先

〒141-0031　東京都品川区西五反田 8-1-5 五反田光和ビル4階
ライトノベル編集部
「冬月光輝」先生係／「昌未」先生係

スマホ、PCからWEBアンケートにご協力ください

アンケートにご協力いただいた方には、下記スペシャルコンテンツをプレゼントします。
★本書イラストの「無料壁紙」　★毎月10名様に抽選で「図書カード（1000円分）」

公式HPもしくは左記の二次元バーコードまたはURLよりアクセスしてください。
▶ https://over-lap.co.jp/824006370
※スマートフォンとPCからのアクセスにのみ対応しております。
※サイトへのアクセスや登録時に発生する通信費等はご負担ください。

オーバーラップノベルスf公式HP ▶ https://over-lap.co.jp/lnv/

完璧すぎて可愛げがないと婚約破棄された聖女は隣国に売られる 5

発行　2023年11月25日　初版第一刷発行

著者　冬月光輝

イラスト　昌未

発行者　永田勝治

発行所　株式会社オーバーラップ
〒141-0031
東京都品川区西五反田8-1-5

校正・DTP　株式会社鷗来堂

印刷・製本　大日本印刷株式会社

ISBN　978-4-8240-0637-0 C0093

【オーバーラップ　カスタマーサポート】
電　話　03-6219-0850
受付時間　10時～18時（土日祝日をのぞく）